KB004004

슬레이어즈 11
크림슨의 망집

"······무슨 일이···
있었구나···."
마을로 들어가는 문,
돌로 된 문기둥에는
종이가 한 장
붙어 있었다···.

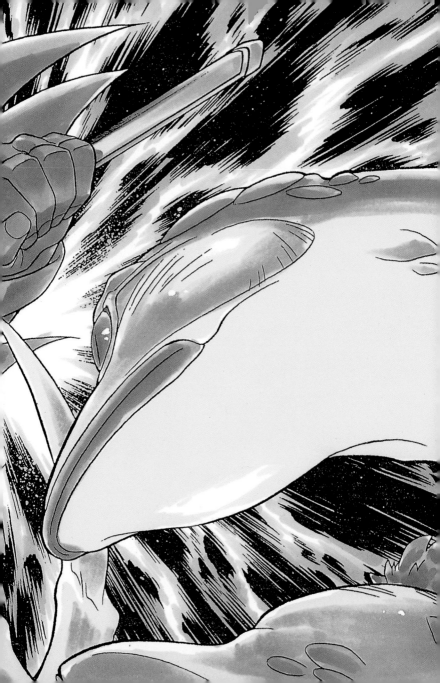

품속에서
그의 몸은 조금씩
체온을 잃어갔다.
—나는— 알고 있다.
사람의 죽음이란—
이런 것이라는
사실을—.

슬레이어즈

11 크림슨의 망집

HAJIME KANZAKA **칸자카 하지메**

일러스트 | 아라이즈미 루이

번역 | 김영종

목 차

1. 반란?! 요즘 세상이 어수선하다 보니…

"너희들, 좋은 말로 할 때 가지고 있는 걸 몽땅 다 내놓는 게 신상에 좋을 거다."

"안 그러면…."

화창한 아침의 가도.

별안간 나무 뒤에서 나타나서 진부한 대사를 주절거리는 대여섯 명의 도적들을 침묵시킨 건 나의 공격주문 한 방.

…이 아니었다.

뒤쪽 수풀 속에서 갑자기 일어난 기척.

증오, 슬픔, 분노, 적개심.

인간이 가지고 있는 부정적인 감정 모두가 섞여 있는 것.

독기….

"뭐… 뭐냐…?"

아무리 둔감한 도적이라고 해도 갑자기 생겨난 독기는 느껴졌는지 위협을 중단하고 황급히 주위로 시선을 돌렸다.

동시에 속으로 주문을 외우기 시작하는 나.

"기… 기분 탓인가…?"

"아니…! 무언가 있어! 근처에!"

비명에 가까운 도적들의 목소리가 교차하는 가운데 기척은 점점 이쪽으로 다가오더니….

부스럭!

쿠오….

"블래스트 애시[黑妖陣]!"

파바밧!

비명 한 번 지를 틈도 없이.

수풀을 헤치고 나타난 한 마리의 브라스 데몬은 다짜고짜 날아온 내 공격주문 한 방에 허망하게 소멸해버렸다.

"그나저나… 최근 그런 게 많아졌어."

숲 속으로 뻗은 좁은 가도.

화창하게 갠 하늘을 멍하니 바라보며 느긋한 어조로 말한 건 내 여행 동료 가우리였다.

브라스 데몬을 한 방에 날려버린 후, 완전히 쫄아버린 도적들 역시 주문으로 날려버리고서 녀석들이 가지고 있던 보물을 몽땅 챙기고 난 뒤의 일이다.

"그런 거라니? 아까 주문으로 날려버린 데몬 말야?"

"그래, 그런 거."

힐끔 고개만 돌려 뒤쪽을 돌아보고 말하는 가우리.

나도 따라서 돌아보았지만 아까 데몬이 등장한 장소는 지금은 멀리 떨어져서 보이지 않는다.

"확실히… 예전과 비교해서 늘어난 건 사실이야."

우울한 기분을 숨기려 하지도 않고 나는 한숨을 섞어 중얼거렸다.

레서 데몬과 브라스 데몬. 마족으로선 최하급으로, 방금 전엔 긴장감 하나 없이 날려버렸지만 실은 결코 방심할 수 있는 상대는 아니다.

'마족'이라는 이름을 가진 존재답게, 어지간한 전사나 마법사가 상대하려면 말 그대로 목숨을 걸어야 한다.

뭐, 나 정도의 실력을 가지고 있다면 그런 상대 한 마리 정도는 별것 아니지만, 기습을 당한다거나 떼거리의 공격을 받으면 역시 방심은 할 수 없다.

다행인 건 데몬들의 숫자가 그리 많지 않다는 것.

다만 그것도 얼마 전까지 그랬다는 이야기.

최근… 대략 반년 전부터일 것이다. 가우리의 말대로 그런 하급 몬스터들이 빈번하게 출현해서 그에 수반한 피해가 각지에서 일어나기 시작한 것은.

이렇게 말하는 우리 역시, 한밤중에 여관에서 별안간 데몬의 습격을 받고 일격 필살로 해치웠다가 주위 건물에 피해가 나서 변상을 해주기도 했고, 취미와 실익을 겸해 도적단의 아지트를 박살 내러 갔다가 그 아지트가 야생 데몬의 습격에 의해 괴멸된 뒤라 예상했던 수입을 얻지 못한 화풀이로 근처 산에 드래곤 슬레이브[龍破斬]를 날려 지형을 바꾸었다가 그 일대 주민들의 불만을 사는

등 여러 가지 무서운 공격을 받고 있다.

어째서 이런 사건이 최근 늘었는지 그 원인은 아직까지 알지 못한다.

그러나.

―무언가가 일어나고 있다.

그런 막연한 불안감은 사람들의 마음속에 확실히 뿌리를 내리고 있었다….

"……. 무슨 일이… 있었구나….."

마을로 들어가는 문이 있는 문기둥 앞에서 발을 멈추고 나는 속으로 작게 중얼거렸다.

라이젤 한구석에 위치한 마을. 텔모드 시티.

'시티'라는 이름이 붙은 만큼 규모가 크고 균형 있게 발전한(쉽게 말해 이렇다 할 특색이 없는) 마을이다.

굳이 특징을 들자면 마을을 빙 두르고 있는 담장 정도겠지만 이것 역시 별로 진귀한 건 아니다.

하지만 이 마을의 특색은 둘째치고….

"뭐해? 리나. 이런 곳에 멈춰 서서."

"이거 말야."

의아한 얼굴로 묻는 가우리에게 나는 눈으로 문기둥을 가리켰다.

돌로 된 문기둥에는 종이가 한 장 붙어 있었다.

—여행 중인 마법사분들에게

급한 일이 없으신 분은 급히 가까운 마법사 협회에 출두해 주시기 바랍니다.

마법사 협회 평의회

"이게 어째서?"

간결한 그 문장을 읽고 나서 그는 역시 의아한 듯 묻는다.

물론 그냥 읽기만 하면 '마법사는 마법사 협회에 출두하라'는 단순한 내용이지만….

'이 마을'이 아니라 '가까운'으로 되어 있는 대목이 걸린다. 다시 말해 이 통보는 이 마을뿐만 아니라 좀 더 넓은 범위에 걸쳐 붙어 있다는 것.

넓은 범위에 통보가 붙어 있고, 여러 마법사의 힘이 필요한 일. 게다가 용건은 전혀 쓰여 있지 않다.

다시 말해 일반인에겐 알리고 싶지 않은 중대한 무언가가 일어난 게 아닐까 하는 것이다.

그리고 보니 오래전에 딱 한 번 이것과 비슷한 통보가 붙은 적이 있었는데….

"어쨌거나 가볼 수밖에 없겠어."

말하고 나서 나는 다시 걸음을 떼어놓았다.

"저기… 리나 인버스 씨… 맞죠?"

마을 큰길을 걷고 있을 때 뒤에서 누군가가 말을 걸어왔다.

마법사 협회에서 이야기를 듣고 근처 음식점에서 가볍게 식사를 마친 뒤 목적지로 출발하려고 했을 때의 일이다.

"맞는… 데요?"

대답하고 돌아보자 그곳에는 한 소녀.

소녀라고는 해도 나이는 내 또래거나 조금 위일까? 단발로 자른 금발에 녹색 눈망울. 상당한 미인이라 해도 좋겠지만 검은 모자에 검은 망토, 온몸을 검은 옷으로 두른 전형적인 마법사 차림과 결의에 찬 표정이 매력을 반감시키고 있다.

"저기… 아까 마법사 협회에서 당신 이름을 들었거든요.

당신이… 소문이 자자한 그 리나 인버스 씨… 맞죠?"

"무슨 소문인지는 굳이 안 묻겠는데…."

"칭찬을 하는 건지, 깎아내리는 건지 잘 이해가 안 되는 소문들이긴 하지만…."

움찔.

"아마 그 리나 인버스가 맞을 거야."

쓸데없는 그녀의 말에 조금 관자놀이를 경련시키면서도 나는 최대한 냉정하게 고개를 끄덕였다.

"부탁이 있어요!

저를… 저를 크림슨까지 데려다주세요!"

"잠…!"

별안간 터져 나온 큰 소리에 나는 황급히 그녀의 오른손을 잡고 옆에 있던 골목길로 잡아끌었다.

주위 사람들 눈치를 살피며 목소리를 죽이고,

"잠깐! 큰 소리 내지 마! 데려가 달라고 말하는 걸로 보면 너도 물론 알고 있겠지?!

지금…

크림슨에서 무슨 일이 일어나고 있는지."

"네. 물론."

내 물음에 그녀는 고개를 끄덕이며 수긍했다.

눈망울에 떠올라 있던 결의의 빛을 숨긴 채로.

마법사 협회 지부의 반란.

그것이 지금 크림슨 마법사 협회에서 일어나고 있는 사건이었다.

마을 입구에 붙어 있던 그 공고문.

일전에 라그드 왕국이라는 작은 나라에서, 대신이던 마법사가 협회 지부를 끌어들여 반란을 일으켰을 때에도 그 공고문과 같은 게 큰 마을에 나붙은 적이 있었다.

그때에는 나와 기타 한 명의 활약 덕분에 국왕은 무사하고 대신은 토벌당하는 결말을 맞이했는데….

이번에 사건이 일어난 것은 라이젤 왕국 한구석에 있는 크림슨 마을.

사건의 주모자는 정치적으로는 아무런 지위도 없는 크림슨 마법사 협회의 평의장이었다.

무모하게도 크림슨을 다스리던 영주를 살해하고 마을을 무력으로 지배해버린 모양이다.

당연히 그 이야기는 나라 수뇌부에까지 전해져서 국왕이 친히 토벌대를 보냈다던가.

…국왕군까지 나섰으니 크림슨의 반란 진압은 아마 시간문제일 것이다.

그러나 마법사 협회 입장에선 조직의 신뢰 회복을 위해서라도 꼭 협회의 힘으로 해결하고 싶은 모양이다.

그것이 방금 전에 마법사 협회에서 들은 이야기.

그래서 전력이 될 만한 마법사는 크림슨으로 가서 반란 진압을 도우라는 게 협회의 요청이었다.

다만….

요즘 이곳저곳에서 불온한 소문이 일고 있으니 불필요한 혼란을 피하기 위해 어디까지나 비밀리에 일을 추진하라는 것.

정식 발표는 사건이 모두 해결된 뒤에 한다는 게 협회와 왕국의 공통된 의향이었다.

그러므로 당연히 큰길 한복판에서 할 이야기는 아니다.

그러나 그녀의 이 눈빛은… 아무래도 무언가 사연이 있는 모양이다.

"여하튼 이야기부터 들어볼게.

일단… 네 이름은?"

"아리아 아슈포드…."

대답을 한 건 그녀가 아니라 노인의 쉰 목소리였다.

"……?!"

놀라서 돌아보니… 골목 안쪽에 서 있는 검은 그림자 하나.

검은 망토에 눈까지 내려오는 검은색 후드. 장식 하나 없는 검은색 옷차림에 후드 밑의 얼굴은 그늘져서 잘 보이지 않는다.

나도 체구가 꽤 작은 편이지만 골목길에 서 있는 그는 허리가 굽기도 해서 나보다 작아 보였다.

"당신은…?"

노인은 불안한 기색을 보이며 묻는 아리아의 말을 무시했다.

"흐음… 거기 있는 녀석들이 자네 눈에 차는 자객인가? 카이라스 님을 해치기 위한."

"그렇다면 당신은…?!"

"조나게인이라 불러주게나.

그럼 일단 실력이나 한번 볼까?"

휘익….

어두운 골목에 가느다란 휘파람 같은 소리가 울려 퍼졌다.

…사정은 잘 모르겠지만 분명한 건 하나.

다시 말해 이 할아버지가 우리들에게 선전 포고를 했다는 것이다. 나는 속으로 주문을 외웠고 가우리는 허리춤의 검을 뽑아 들었다. 그때….

""아앗?!""

가우리와 아리아 두 사람이 동시에 놀라 소리쳤다.

어둠이… 꿈틀대고 있다.

그것은 이상한 광경이었다.

골목 안에서 조나게인의 주위에 펼쳐진 어둠이 파도치듯 너울너울 움직이고 있는 것이다.

—아니!

어둠이 아니다.

"헉?!"

그것의 정체를 눈치챘는지 아리아가 작은 비명을 질렀다.

꿈틀거리는 어둠으로 보였던 건 어딘가에서 나타난 수십 마리의 쥐들!

처음부터 그곳에 있었던 건 아니다. 그렇다면 할아버지의 휘파람을 듣고 모여든 셈이 되는데….

그렇다면 이 할아버지는… 비스트 마스터(짐승술사)인가?!

하지만 이런 상황에서 아무리 쥐를 수십 마리 단위로 동원한다고 해도 우리가 대응만 잘못하지 않는 한 그리 무서울 것은….

우득.

내 생각을 중단시키려는 듯 작은 소리가 골목 안에 울려 퍼졌다.

무언가가 삐걱거리는 듯한 소리.

옆에선 가우리가 발길을 옮기려다 말고 멈춰 섰다.

그리고….

우득… 우득 우득 우득! 우득!

"우… 아…."

점점 커져가는 소리 속에서 아리아의 신음 소리가 들려왔다.

삐걱거리며 소리를 낸 건 조나게인의 주위에 모인 수십 마리의 쥐들.

아니, 그것들을 쥐라 불러도 좋을까?

방금 전까지 틀림없이 쥐였던 그것들은, 우리들의 눈앞에서 이상한 것으로 변하고 있었다.

뼈와 살이 갈라지고 삐걱거리며 새로운 살과 뼈가 만들어진다.

양손바닥 위에 올려놓을 수 있을 만한 크기였던 것들이 지금은 한 아름도 넘는 크기로 거대해졌다가 더욱 크기를 늘리고 있었다.

과연 그 뒤에 어떻게 될지 솔직히 흥미는 있었지만…

일단 느긋하게 구경이나 하고 있을 때는 아니라는 것만은 분명한 사실.

그렇다면….

"프리즈 애로!"

조나게인에게 쏠 생각으로 외웠던 주문의 목표를 변경해서 한창 변하는 중인 쥐들에게 쏘았다!

발사된 십어 밭의 냉기의 화살은 변형되고 있던 것들을 모조리 얼려버릴 것이다.

그럴 예정이었다.

그러나.

피식.

명중한 순간 냉기의 화살은 공기가 새는 듯한 소리와 함께 모조리 소멸했다!

"설마?!"

놀란 목소리가 내 입에서 터져 나왔다.

나는 알고 있다. 어느 무리에게 프리즈 애로를 날리면 이것과 완전히 똑같은 현상이 일어난다는 것을.

다시 말해 마족에게.

그렇다면 이 녀석들은….

대답은 바로 눈앞에 나타났다.

"크크크… 어떤가? 이런 건 쉽게 볼 수 있는 광경이 아니지?"

쥐에서 변형된 레서 데몬들에게 둘러싸인 채 조나게인은 여유로운 웃음을 흘렸다.

콰아앙!

별안간 폭음과 화염이 일었다.

사람들의 비명은 한 박자 뒤에 터졌다.

우리 세 사람이 골목길을 빠져나와 옆으로 피한 바로 그 순간이었다.

레서 데몬들이 쏜 플레어 애로가 큰길 한복판에 작렬한 것은.

다행히 시간이 시간이라 큰길에 그리 사람이 많지 않아서 사상

자는 없었던 모양이지만….

"모두 도망쳐!"

동시였다.

내가 그렇게 외친 것과 골목에서 레서 데몬이 불쑥 모습을 드러낸 것은.

다시 비명이 터지면서 그리 많지 않던 통행인들은 부랴부랴 뿔뿔이 도망쳤다.

좋아, 이 정도로 트인 장소라면 싸워볼 만하다.

"가우리! 엄호를 부탁해!"

말하고 나서 주문을 외우는 나.

"응!"

가우리가 검을 치켜들고 달렸다! 레서 데몬 무리를 향해!

쿠오오오오오오오!

그것을 감지하고 레서 데몬 한 마리가 울음소리와 함께 몸 앞에 수십 발의 불꽃 화살을 출현시켰다.

그러나 데몬이 그것을 쏘기도 전에!

촤악!

단숨에 뛰어든 가우리의 검이 그 데몬의 배를 베어버렸다.

쿠오오오오오오오!

데몬은 단말마의 비명을 지르며 쓰러졌고 만들어진 불꽃 화살은 한순간에 허공에 흩어졌다.

이걸로 한 마리!

"굉장해!"

가우리의 검 솜씨에 내 옆에서 아리아가 감탄의 소리를 냈다.

그러나 감탄하기엔 아직 이르다. 레서 데몬은 아직 많이 남아 있었다.

실제로 지금도 골목에서 레서 데몬들이 우글우글 몰려나오고 있었다.

가우리의 검이 두 마리째 베어내고….

내 주문이 완성된 건 가우리가 세 마리째 쓰러뜨렸을 때였다.

"브람 블레이저[靑魔烈彈波]!"

푸른색 빛이 목표물을 관통해서 살아 있는 자에겐 충격파를, 언 데드나 마족에겐 상당한 고통을 주는 술법이다.

평범하게 쏘면 데몬이 아파하는 정도로 끝이지만 방금 일격은 주문을 증폭해놓은 것.

내가 쏜 푸른색 빛은 골목에서 방금 얼굴을 내민 데몬 여러 마리를 한꺼번에 관통했고….

카아아아아아아악!

데몬들은 비명과 함께 그 자리에 쓰러졌다.

그때까지 가우리에게만 정신이 팔려 있던 데몬들 중 몇 마리가 이번엔 내 쪽으로 눈길을 돌렸다.

"아리아! 떨어져 있어!"

그렇게 말하고 나서 나는 허리춤의 쇼트 소드를 뽑아 들고 속으로 주문을 외우면서 땅을 박찼다.

쿠오오!

내 앞길을 막아선 레서 데몬이 울부짖었다.

동시에 만들어진 불꽃 화살이 소나기처럼 나를 향해 쏟아진다.

옆으로 도약해서 가볍게 피해낸 다음.

"에르메키아 란스[閃槍]!"

외운 주문을 해방했다.

일격이 레서 데몬에게 명중한 걸 시야 한구석으로 확인하고 진로를 변경한 뒤, 다음 주문을 외우기 시작했다.

이 레서 데몬이라는 녀석은 결코 능력이 낮지는 않지만 서로 연계를 하는 법이 없고, 마력이 높은 것치곤 지능이 낮아서 공격도 꽤 단순하다. 떼거리로 몰려오면 방심할 수 있는 상대는 아니지만, 뒤집어 말하면 방심만 하지 않으면 그리 무서운 상대는 아니다.

이윽고.

"애서 디스트[塵化滅]!"

파바밧!

마지막 레서 데몬이 내 주문에 쓰러진 건 그로부터 얼마 지나지 않아서였다.

이제 남은 건 그 조나게인인가 하는 녀석뿐….

"호오, 그 정도 숫자의 레시 데몬을 이렇게 짧은 시간에 해치우다니 제법이군."

목소리는 위쪽에서 들려왔다.

"……?!"

올려다본 건물 옥상에 우뚝 서 있는 왜소한 검은 그림자.

우리들이 레서 데몬들과 싸우고 있는 동안 레비테이션 같은 걸로 올라간 건가?

"구경만 하지 말고 내려오는 게 어때? 우리들의 실력을 보고 싶다고 했잖아. 레서 데몬으론 역부족이니까 네가 나서야 하지 않아?

아니면…

높은 곳에 올라간 것까진 좋은데 무서워서 못 내려오는 거야?"

"아니, 아니. 나는 그저 높은 곳을 좋아할 뿐이네.

연기와 무엇은 높은 곳에 올라가고 싶어한다는 말도 있잖나……."

장난스러운 어조로 내 도발을 가볍게 넘겨버린다.

음… 괜히 나이를 먹은 건 아니군….

그때 옆에서 가우리가 성큼 한 발짝 나섰다.

"그럼 내가 그쪽으로 가도록 하…."

"안 돼."

할아버지에게서 눈길을 떼지 않은 채 나는 가우리의 말을 끊고 단호하게 말했다.

가우리는 상대를 조금 얕보고 있는 모양이지만… 나의 생각은 조금 다르다.

레서 데몬과 브라스 데몬 같은 하급 마족은, 자아의식이 떨어지는 이 세상의 작은 동물에 아스트랄 사이드(정신세계)에서 소환된 하급 데몬이 빙의해서 그 육체를 변형시킨 것이다.

조나게인이 아까 펼쳐 보인 건, 일단 주위에서 쥐들을 불러 모으고 아스트랄 사이드에서 동시에 소환한 데몬들을 빙의시켜 레서 데몬을 단숨에 대량 생산한 엄청난 기술.

어느 정도 실력이 있는 소환사라도, 한 번에 소환할 수 있는 데몬의 숫자가 많아야 몇 마리임을 감안하면 조나게인의 그 기술이 얼마나 엄청난 건지 알 수 있을 것이다.

비행주문으로 지붕 위로 올라가는 건 쉽지만 공중에 떠 있는 동안 우리 쪽의 자유도는 꽤 낮아진다. 만약 소환술 외에도 조나게인에게 숨겨진 기술이 있다면 틀림없이 그때를 노려 공격할 것이다.

그래서 나는 상대방이 내려오도록 가볍게 도발한 것이지만… 아무래도 그것도 간파당한 듯하다.

그렇다면….

"뭐해? 안 올 거야?"

"안 가."

조소 섞인 어조로 말하는 조나게인에게 나는 단호하게 말했다.

"흠… 안 온단 말이지?

그거 섭섭하군….

뭐, 나야 별로 상관없지만…."

여전히 여유 있는 말투였다.

"하지만… 그래선 자네들이 곤란하지 않을까?

내가 마음만 먹으면 이 마을에 있는 쥐, 고양이, 개를 모두 데몬으로 만들 수 있는데."

"흐음… 그럼 해봐. 난 전혀 상관없으니까."

선선히 대답한 내 말에 처음으로 조나게인에게서 동요하는 기색이 일었다.

"호오…

공갈치는 거라고 생각하나?

아니면, 레서 데몬 따윈 몇 백 몇 천 마리가 나오건 상대가 안 된다고 생각하는 건지."

"유감스럽게도 둘 다 아니야."

나는 손가락 하나를 척! 세우고 말했다.

"네가 지금 무슨 짓을 하든지 간에 우리들은 무시하고 냉큼 마을을 뜰 생각이니까."

"""뭐…?!"""

가우리와 아리아 그리고 조나게인까지 소리를 질렀다.

"자… 잠깐! 그게 무슨 뜻이냐?!"

지붕 위에서 떠드는 할아버지를 무시하고 나는 발길을 돌렸다.

"자, 가우리, 아리아, 얼른 마을을 떠나자.

할아버지가 지붕 위에서 놀고 있는 틈에, 크림슨으로 가서 그 뭐시기인가 하는 평의장을 해치우자고."

말하고 나서 성큼성큼 걸음을 옮긴다.

"거기 서라!

서지 않겠다면… 우…, 서지 않겠다면 이 마을을 파괴해버리겠다!"

"저 할아버지가 뭐라고 하는데?"

"내버려둬. 나이를 먹으면 다들 잔소리가 많아지는 법이니까."

"그런 문제야?"

"하지만… 마을을 파괴한다는데요?"

"신경 쓰지 마, 아리아. 어차피 입만 살았어."

돌아보지도 않고 말하는 나.

물론 되는대로 지껄이는 게 아니라, 나름의 근거가 있어서 하는 말이다.

나의 도발을 가볍게 피한 걸로 보건대 조나게인은 절대로 발끈해서 폭주하는 타입은 아니다.

그리고 그는 처음에 말했다. 우리들의 실력을 보겠다고.

그렇다면 녀석의 본래 목적은 우리들의 전력 조사. 우리들이 등을 보인 것에 열을 받아서 마을을 파괴할 만한 부류의 녀석은 아니라는 것이다.

"서… 서라!

서라고 했잖아! 그런 무책임한 태도를 보여도 좋은 거냐!

이래서 요즘 젊은것들은…."

지붕 위에서 투덜대는 할아버지를 완전히 무시하고 우리 세 사람은 그곳을 뒤로했다.

"자, 그럼,

아리아, 이야기해봐.

대체 무슨 사정이 있는지를…."

"저기, 사정 설명은 좋지만…… 어째서 이런 곳에서 해야 하나요?"

소리를 죽이고 묻는 나에게 아리아도 소리를 죽여 대답했다.

텔모드 시티에서 얼마 떨어지지 않은 곳.

우리들은 가도를 벗어나 마을 옆에 있는 그리 크지 않은 숲 속으로 들어갔다.

내가 발길을 멈추고 아리아에게 그렇게 물은 건 숲에서 조금 들어간 곳에서였다.

"당연하잖아.

아까 그 낌새로 보건대 그 조나게인인가 하는 할아버지는 지붕에서 내려오면 바로 우리들을 쫓아올 것 같은 분위기였어.

당연히 그렇게 되면 크림슨으로 가는 가도부터 찾을 테니까 우리들이 곧바로 그쪽으로 가면 발견되는 건 시간문제야.

그렇다고 크림슨에 안 갈 수도 없고.

그러니까

일단 이 부근에 몸을 숨기고 할아버지가 가버리기를 기다렸다가 느긋하게 가자는 거지. 그 틈에 사정 설명도 듣고."

말하고 나서 나는 망토를 방석 삼아 풀 위에 앉았다.

"아… 그렇군요."

"하지만 리나, 그 할아버지가 쫓아오지 않으면 단순한 시간 낭비 아닐까?"

고개를 끄덕이는 아리아. 말꼬리를 잡는 가우리.

"가우리, 그럼 묻겠는데,

시간 낭비가 될지 모른다고 당장 크림슨으로 갔다가 그 할아버지에게 걸려서 레서 데몬을 한도 끝도 없이 상대하는 편이 좋다는 거야?"

"아… 아니, 그건…."

"그렇지?

그러니까

설명해주었으면 해, 아리아.

네가 크림슨에 가야 하는 이유,

그리고 조나게인인지 뭔지 하는 녀석이 널 감시하던 이유를."

"네…."

그녀도 나와 마찬가지로 망토를 깔고 앉았다.

잠시 무언가 생각에 잠긴 듯 조용히 아래쪽을 바라보고 있었지만 이윽고 고개를 들더니 단호한 어조로 말했다.

"언니를… 구해야 해요."

언니의 이름은… 벨이라고 했다.

마음씨 좋은 미인으로, 아리아에게는 자랑스러운 언니였다.

이윽고 벨에겐 연인이 생겼고 두 사람은 행복한 결혼을 할 예정이었다.

'두 사람은 결혼해서 잘 먹고 잘 살았습니다'로 끝났다면 동화 속 세계겠지만 불행하게도 현실은 그리 호락호락하지 않았다고 한다.

아내를 잃고 혼자서 살고 있던 마법사 협회 평의장 카이라스가 벨의 모습에 한눈에 반해서 별안간 둘 사이에 끼어들었던 것이다.

카이라스는 정치적 수완이 뛰어나고 협회 운영 능력과 마법사로서의 실적은 분명 높았지만, 인간으로서 평가한다면 결코 합격점을 줄 수 있는 남자가 아니었다.

실제로 마법사들로부터의 평가는 높았지만 인망은 없었고 한번 결혼을 하긴 했지만 아내가 도망쳐버렸다던가.

게다가 당시 벨이 19세인 것에 비해 카이라스는 이미 마흔 줄. 그 조건에 벨이 카이라스에게 마음을 열 이유라고는 없었다.

하지만 그래도 카이라스는 끈질기게 벨에게 치근거렸다.

벨은 이미 약혼자가 있다며 거절했다.

그 약혼자가 이상한 사고로 죽은 건 바로 그때였다.

마을 사람들은 수군거렸다. 카이라스가 벨을 손에 넣기 위해 사고로 가장해서 그 약혼자를 살해한 게 아닐까 하고.

물론 소문의 진상은 아무도 알지 못한다.

다만 그런 소문이 있는 남자에게 벨이 호감을 가질 리 없었다.

누구나 그렇게 생각했다.

허나….

"언니가 카이라스와 결혼한 건 그 뒤 얼마 되지 않아서였어요."

고개를 숙인 채 아리아는 작게 중얼거렸다.

그 부분에 대해선 별로 이야기하고 싶지 않은지 그녀는 띄엄띄엄 대략적인 이야기만을 해나갔다.

"이유를 물었지만… 대답해주지 않았어요. 난처한 얼굴만 보였을 뿐….

그 뒤로는 언니를 거의 만나지 못했는데…

소문만으로도 행복했을 거라고는 생각되지 않아요."

그야 그렇겠지.

묵묵히 이야기를 들으며 속으로 중얼거리는 나.

벨 씨가 무슨 생각으로 카이라스와 결혼했는지는 알 수 없다. 어쩌면 무슨 오해로 카이라스에게 반하고 말았을 가능성도 전혀 배제할 수는 없다.

하지만 이야기를 들어보니 카이라스라는 남자는 마음에 든 건 가지고 싶어하지만 손에 들어온 것에는 쉽게 흥미를 잃는 부류의 녀석인 듯하다.

결혼의 동기가 어땠든지 간에 그런 녀석과 행복하게 살 수 있을 리가 없다.

"저도 크림슨의 협회에서 여러 가지 연구를 하고 있었는데… 어느 날 협회에 가려고 했을 때 심부름꾼이 찾아왔어요.

지금 당장 만나고 싶다는 언니의 전갈이었죠.

지금까지 없었던 일이었기에 황급히 가보았는데…

그곳에서 언니가 그러더군요."

"카이라스가 반란을 일으키려 한다고?"

내 물음에 아리아는 고개를 끄덕였다.

"협회의 다른 사람들까지 말려들게 할 속셈으로 보이니 도망쳐서 이 사실을 다른 마을 협회에 알리라고 했어요.

크림슨에서 가장 가깝고 큰 협회가 있는 마을이라면 얼마 전까진 사일라그였는데요…

사일라그 마을은 2년 전쯤 갑자기 괴멸되고 말아서…."

""우….""

아리아의 말에 무심코 신음하는 나와 가우리.

"네? 뭐, 잘못된 거라도?"

"아, 아냐. 아무것도 아냐."

솔직히 말하면 그 사일라그 괴멸 사건에는 나와 가우리가 연관되어 있지만….

음…, 그리고 보니 그 경위에 대한 정식 보고서를 마법사 협회에 아직 제출하지 않았던가?

뭐, 그건 나중에 하기로 하고….

"그래서 그다음으로 가까운 곳이 이 텔모드 시티였다는 거지?"

우리 쪽 사정은 접어두고 나는 아리아의 말을 재촉했다.

"네…. 물론 좀 더 가까운 곳에 협회가 있는 마을이 있었을지도 모르지만요.

제가 확실히 길을 알고 있고, 틀림없이 협회가 있는 마을은 이 곳밖에 없었어요."

"흐음…."

확실히 가본 적 없는 마을로 갔다가 도중에 길을 잃거나 그곳에 협회가 없었다면 꼴이 우스웠겠지, 이 경우에는.

"하지만 제가 이 마을에 도착해서 그 사실을 알리기도 전에… 카이라스가 움직인 모양이에요.

이 마을에 도착해서 협회에 경위를 보고한 다음 날…

카이라스가 반란을 일으켜서 영주를 암살하고 국왕군이 움직이기 시작했음을 알게 되었지요."

그녀는 작게 한숨을 한 번 쉬었다.

"마을은 완전히 카이라스의 지배하에 들어간 모양이에요.

카이라스가 얼마만큼의 힘을 비축했는지는 몰라도… 국왕군까지 움직인 이상, 마을 진압은 아마 시간문제겠죠.

하지만 그렇게 되면 언니도 분명 말려들고 말겠죠."

"흐음….

그래서 어떻게든 국왕군보다 먼저 크림슨에 가서 손을 쓰고 싶다는 거지?"

"네,

물론 혼자서 그럴 수 있다면야 그렇게 하겠지만…

전 공격주문을 조금 쓸 수 있기는 해도… 쓰지 못하는 것보다 조금 나은 정도이고 지금까지 싸워본 경험도 별로 없어서….”

확실히 그녀는 아까 레서 데몬들과 우리들이 싸우고 있는 동안에도 어떻게 해야 할지 몰라서 갈팡질팡하기만 했다.

그런대로 싸울 수 있게 되려면 어느 정도의 경험과 배짱이랄까, 계기 같은 게 필요한데 아리아는 그중 어느 것도 아직 가지고 있지 않은 모양이다.

“그래서 널 크림슨까지 데려다줄 수 있는 사람이 오기를 기다렸고…

그때 우리들이 온 거구나.”

“뻔뻔스러운 부탁이라는 건 알고 있어요.

방해만 된다는 것도 알고, 제가 크림슨에 간다고 해서 어떻게 되는 게 아니라는 사실도 알아요.

하지만….”

거기까지 말하고 뒷말은 잇지 못했다.

“그래도 언니를 구하고 싶다는 거지?”

내 말에 아리아는 말없이 고개를 끄덕였다.

으음…, 그랬군.

나도 고향에 언니가 있는데 분명히 말해 그쪽은 나보다 훨씬 강하다. 다소… 아니, 꽤 큰일이 일어난다고 해도 껄껄 웃으면서 해결할 수 있는 사람이다.

그런 까닭에 솔직히 말해서 ‘언니를 걱정하는 마음’이란 건 조금도 이해가 안 되지만….

"뭐… 확실히…."

나는 뒤통수를 긁적이면서 말했다.

"그 이야기를 듣고 있으니 그 카이라스란 녀석을 직접 때려눕히고 싶어졌긴 해….

하지만."

"하지만?"

불안하다는 표정으로 묻는 아리아에게 나는 윙크를 보냈다.

"난 그 카이라스라는 녀석의 얼굴을 모르니 아는 사람의 도움이 필요하겠어."

"그럼?!"

"함께 가자, 크림슨에."

"고마워요! 리나 씨!"

"그냥 리나라고 불러줘.

그럼 조금만 더 있다가 출발하기로 하자."

"네!"

그녀는 싱긋 미소 지었다.

하지만 그녀는 알고 있을까?

조나게인이 왜 그녀를 감시하고 있었는지 하는 화제를 내가 끝까지 꺼내지 않았다는 것을.

카이라스는 아마 아리아가 마을을 떠났다는 사실을 알았을 것이다.

그러나 텔모드에 있다는 것까진 몰랐을 터.

그럼에도 조나게인은 이 마을에 왔다.

물론 카이라스가 이곳저곳에 부하들을 보냈을 가능성도 있긴 있지만.

허나 묘한 건 조나게인의 목적이 아리아를 붙잡거나 죽이는 게 아니라 그녀가 발견한 마법사… 다시 말해 우리들의 실력을 조사하는 것이었다는 점이다.

실제로 마을에서 싸울 때, 레서 데몬들은 뒤쪽에 처져 있던 아리아에게는 눈길 한 번 주지도 않았다.

아무래도 이 사건에는 아직 무언가 뒷이야기가 있을 것 같다.

여행은 생각보다 순조롭게 진행되었다.

도중에 들른 마을에서 들은 이야기를 종합해보건대, 역시 내 의도대로 조나게인 할아버지는 서둘러 돌아간 모양이다.

생각할수록 폭소가 나온다.

―그런 대목이지만….

그렇다고 이대로 영원히 조나게인과 싸우지 않고 넘어갈 수도 없다. 잘못하면 적의 전력이 가장 강하게 갖춰진 크림슨에서 대면할 수도 있으니까.

그리고 부성석인 요소가 또 하나,

텔모드를 나선 지 이틀째쯤, 마을에서 입수한 정보에 따르면 국왕군의 선봉대 200명 정도가 이미 지나간 뒤라고 했다.

뭐, 겨우 200명으로 크림슨으로 쳐들어갈 것으로는 생각되지 않지만, 우리들도 느긋하게 여유를 부릴 수 없다는 것만은 분명한 사실.

그리고….

"역시 매일 순조롭게 갈 수는 없는 모양이야."

말하고 나서 가우리가 발길을 멈춘 건 출발한 지 나흘째….

숲 속으로 뻗은 가도를 걷고 있을 때였다.

"네…?"

함께 발길을 멈추고 의아하다는 시선을 가우리에게 보내는 아리아.

"다시 말해… 손님이 왔다는 말이야.

기척을 죽이는 것엔 서투른 모양이지?"

"이런 데엔 익숙지 않아서 말이네."

숲 속에서 내 말에 대답한 건 예상했던 그 목소리였다.

울창하게 우거진 수풀에서 아무런 소리도 없이 떠오른 것은, 텔모드 마을에서 만났던 새까만 옷의 노인.

"수고가 많으셨어요, 조나게인 씨.

우리들이 텔모드 마을 바로 옆에 있는 숲 속에서 잠깐 쉬고 있다는 걸 전혀 눈치 못 채고 꽤 멀리까지 가버리셨더군요."

"뭘. 이렇게 만났으면 됐지."

내가 거만한 어조로 날린 도발을 이번에도 가볍게 받아넘긴다.

역시 이 녀석, 그렇게 바보는 아닌 것 같다.

이 지점을 잠복 장소로 고른 것도 꽤 적절한 판단이다.

숲 속….

몸을 숨길 장소가 많아서 잠복에 최적이기도 하지만 그 이상으로 이 장소는 조나게인에게 유리하게 작용한다.

우거진 나무들. 펼쳐진 대자연.

당연히 숲 속에는 작은 동물들이 무수히 서식하고 있다.

그것들 모두가 조나게인에게는 레서 데몬을 양산할 재료가 될 수 있다.

허나.

이 장소, 이 조건은 실은 나에게도 결코 불리하지만은 않다.

"그렇다면 이번에도 역시 힘으로는 자신이 없으니까 레서 데몬을 왕창 만들어내서 우리들과 싸우게 하겠네?"

다시 도발하는 나.

아마 조나게인은 이번에도 내 도발을 가볍게 받아넘기고 레서 데몬을 부르려 할 것이다.

그 틈을 이용해서 큰 기술로 한 방에 날려버려야지!

그러나.

"아니, 아니, 기대를 저버려서 미안하네만 그건 다음 기회로 미루겠네."

조나게인의 한마디가 나의 계산을 너무나 쉽게 무너뜨렸다.

"마을에서 있었던 싸움으로 보건대, 자네들에게 레서 데몬 따윌 보내봤자 단순한 심술에 불과하니 말일세.

나는 그래도 상관없지만…

그런 걸 몇 마리 보내봤자 싸우는 데 방해만 된다는 일행이 있어서 말야."

"일행?"

미간을 좁히고 묻는 나.

"그렇다네.

소개하지.

자, 숨어 있지 말고 그만 나오게나, 그라이모어."

할아버지가 말한 그 순간.

오싹.

얼어붙는 듯한 살기가 우리의 뒤쪽에서 일었다.

아닛…?!

황급히 뒤쪽을 돌아보자….

그곳에는 수풀만 우거져 있을 뿐….

아니.

나뭇잎이 만들어낸 어둠 속에서 무언가가 움직이고 있는 게 보였다.

그리고 얼마 뒤.

그것은 발소리 하나 내지 않고서 나무 그늘에서 대낮의 햇살 아래로 모습을 드러냈다.

"리저드맨(도마뱀 인간)?!"

아리아가 놀라 소리쳤다.

그녀의 말대로….

전신을 뒤덮은 낙엽색 비늘. 길게 뻗은 꼬리.

그것들은 모두 리저드맨의 특징이긴 하다.

그러나….

이 그라이모어라는 녀석은 겉보기엔 리저드맨이라고 해도 보통 리저드맨이 아니라는 것만은 분명했다.

무엇보다도 조나게인이 자신이 불러내는 다스 단위의 레서 데몬보다 이 녀석 하나가 더 믿음직하다고 말할 정도니까.

실제로 이 그라이모어는 우리 뒤쪽에 숨어 있었으면서 전혀 그 기척을 들키지 않았다.

"자… 그라이모어. 자넨 누구와 싸우고 싶나?"

"검사다."

조나게인의 물음에 담담한 어조로 대답하는 그라이모어.

순간….

샤악!

그라이모어의 양손 손톱이 소리를 내며 뻗었다.

도합 열 개. 길이는 제각각. 긴 것은 롱 소드 정도, 짧은 것은 단검 정도.

이것이… 이 녀석의 무기인가?

나는 천천히 조나게인 쪽으로 몸을 돌렸다.

"흐음,

그럼 내 상대는 아가씨겠군."

"그렇게 되겠지.

그런데 다른 사람과 이야기할 때에는 최소한 상대에게 얼굴 정도는 보이는 게 예의 아닐까?"

"아아, 그건 생각 못 했군."

내 말에 조나게인은 대수롭지 않다는 듯 숙이고 있던 고개를 들었다.

"헤에."

후드 밑으로 드러난 얼굴에 나는 무심코 작은 소리를 냈다.

"평범한 얼굴이었네."

"사람 얼굴이 아닐 걸로 생각하기라도 했나?"

검은 후드 밑에서 흰 수염이 난 노인의 얼굴이 쓴웃음을 머금었다.

이 녀석, 혹시 젊었을 때에는 꽤 미남 아니었을까?

"뭐, 조금 그런 전개를 기대하긴 했지만…."

"유감이군, 기대대로 되지 않아서.

물론 자네 기대에 부응해주기 위해 온 건 아니지만."

"그야 그렇겠지."

"자, 이야기를 해봤자 한도 끝도 없을 것 같으니… 슬슬 시작해볼까?"

"오케이!"

말하고 나서 나는 허리춤의 쇼트 소드를 뽑아 들고 속으로 주문을 외우면서 조나게인을 향해 돌진했다.

동시에 뒷걸음질을 치며 숲 속으로 물러서는 조나게인.

양손은 여전히 망토 밑. 검 따위를 꺼낼 낌새는 없었지만 방심은 금물. 갑자기 망토 밑에서 나이프가 날아올 가능성도 있기 때문이다.

조나게인은 뒷걸음질로 나와 일정 거리를 두고 물러섰다.

하지만… 나는 언제까지고 이런 술래잡기를 계속할 생각은 없었다!

"프리즈 애로!"

완성된 주문을 조나게인에게 쏘았다!

십여 발의 냉기의 화살을 날리는 술법으로, 일격 필살의 위력은 없지만 잘만 맞으면 상대는 행동 불능. 아니면 행동 불능까지는 아니더라도 상대의 행동력을 꽤 줄일 수 있다.

그러나 쏟아지는 십여 발의 냉기의 화살을 조나게인은 나무를 엄폐물 삼아 가볍게 피해냈다.

으음, 역시 이렇게 되는군.

장애물이 많은 숲 속에서 이런 타입의 술법을 명중시키기 어렵다는 것은 이미 주지의 사실. 맞으면 행운이다 정도의 심정으로 쏜 일격이었다.

—이대로 여러 번 프리즈 애로로 단조로운 공격을 펼쳐서 조나게인이 나를 단순히 힘으로 밀어붙이는 부류로 착각하고는 방심하고 있을 때 승부를 건다는 게 나의 작전이다.

반 레일—땅과 벽을 타고 뻗어가는 얼음 덩굴로 상대를 휘감아서 얼리는 술법—로 움직이지 못하게 하고 그때 큰 기술 한 방으로 해치워야지.

일단 다음 속임수용으로 나는 프리즈 애로의 주문을 속으로 외웠다.

"반 레일."

그때 조나게인의 목소리가 숲 속에 울려 퍼졌다.

아닛?!

키잉!

조나게인이 있던 장소에서 얼어붙는 소리를 내며 얼음 덩굴이 사방으로 뻗었다.

그리고 당연히 내 쪽으로도!

이런! 녀석이 선수를 쳤다!

황급히 크게 물러섰지만 얼음 덩굴은 아직 확산되고 있었다.

이 녀석!

나는 들고 있던 쇼트 소드를 땅에 쿡! 박았다.

얼음 덩굴이 쇼트 소드에 휘감기는 순간을 노려 나는 빙글 발길을 돌려 급히 그 자리에서 벗어났다.

숲을 빠져나와 도착한 곳은 원래 있던 장소. 그곳에서는 이미 가우리와 그라이모어의 싸움이 전개되고 있었다.

캉! 카앙! 키잉!

잇달아 울려 퍼지는 금속음.

수세에 몰려 있는 것은⋯ 가우리 쪽이었다.

기술은 가우리 쪽이 우위로 보였지만 그라이모어의 무기는 길이가 각각 다른 손톱 열 개.

그것이 언뜻 마구잡이로 보이는 움직임으로 제각각 파상 공격을 가한다.

가우리는 그것들을 막는 것만도 벅차서 좀처럼 공격할 기회를 잡지 못하고 있었다.

그가 간격을 벌리려고 하면 그라이모어는 달라붙어서 자신에게 가장 유리한 간격을 유지했다.

가우리가 들고 있는 검은, 정체는 알 수 없지만 상당한 힘을 가진 마력검. 거기에 그의 솜씨가 더해졌으니 저런 손톱을 베어내는 것쯤은 간단해 보이는데….

그라이모어가 한 발짝 접근하자….

휘익!

바람을 가르는 소리가 주위에 울려 퍼졌다.

꼬리!

그라이모어가 가우리의 발을 노리고 긴 꼬리를 휘둘렀다!

그러나….

그 순간을 노려서 가우리가 뒤쪽으로 물러섰다!

불안정한 상태의 그라이모어는 움직이지 못한다.

가우리의 검이 번뜩였다.

카아앙!

일격을 얻어맞은 그라이모어의 손톱 몇 개가 부러지며 허공에 흩날렸다!

기회다!

나는 그렇게 생각했지만 가우리는 한 발짝 물러서서 거리를 벌렸다.

그리고….

쉬익.

부러진 그라이모어의 손톱이 다시 원래 길이로 자라났다.

그렇군….

이래선 꽤 성가신 상대겠어.

주문으로 엄호하고 싶지만 잘못하면 가우리가 말려들 우려가 있고, 그전에….

조나게인 할아버지가 그것을 용인해주리라고는 생각되지 않는다.

실제로 기척은 내 바로 뒤까지 닥쳐온 상태였다.

좋아!

"반 레일!"

상대의 모습도 확인하지 않고 나는 돌아서자마자 가까운 나무 둥치에 손을 대고 물러서면서 외웠던 주문을 날렸다.

뻗어가는 얼음 덩굴이 나무 둥치와 땅 그리고 풀을 얼려버렸다.

그러나….

돌아본 내 시야에 조나게인의 모습은 없었다.

그럼에도.

기척만은 여전히 그곳에 존재하고 있다.

―어디지?!

나는 황급히 기척을 살피고….

"위?!"

올려다본 그곳, 하늘로 뻗은 나무들 사이로 드높이 떠올라 있는 검은 그림자!

"프리즈 애로!"

이번엔 거꾸로 조나게인이 나를 향해 냉기의 화살을 쏘았다!

"파이어 볼!"

콰아앙!

목소리와 동시에 날아온 파이어 볼이 얼음 화살과 충돌해서 폭발, 붉은 불꽃을 흩날렸다!

방금 술법은… 아리아?!

폭발한 불꽃은 나뭇잎을 태우며 높은 곳에 있는 조나게인을 향해 치솟았다.

"크윽!"

불꽃 저편에서 들려오는 신음 소리.

좋아! 지금이다!

나는 서둘러 주문을 외우고….

"브람 블레이저!"

외운 주문을 불꽃 속으로 해방했다!

조나게인의 모습은 불꽃 때문에 보이지 않지만 도망칠 장소는 어디에도 없었을 터!

푸른색 빛은 불꽃을 관통… 했지만 아무런 반응도 없었다.

빗나갔다?!

"프리즈 애로!"

조나게인의 목소리는 다른 곳에서 들려왔다.

어느 틈에?!

반사적으로 나무 뒤에 몸을 숨기는 나.

그러나.

"아욱!"

비명은 아리아의 것이었다.

―아차!

돌아보니 조금 떨어진 곳에 있던 아리아가 무릎을 꿇고 땅에 주저앉아 있었다.

프리즈 애로를 직통으로 맞았는지 왼발 정강이 아랫부분이 서리를 내뿜는 얼음에 뒤덮여 있다.

그리고 그곳에서 다소 떨어진 곳에는 조나게인의 모습.

저 녀석, 어느 틈에 저기까지 이동했지?!

레비테이션 술법이라면 좀 더 이동에 시간이 걸릴 텐데….

"숲 속에서 파이어 볼은 조금 위험하다네."

말하면서 조나게인은 천천히 아리아 쪽으로 다가갔다.

바람결에 흐르는 낮은 목소리는 틀림없는 조나게인의 주문 영창.

―이런! 아리아부터 해치울 생각인가?!

그녀를 못 본 척할 수는 없지만 이제 와서 주문을 외워봤자 늦는다!

돌진해서 견제하고 싶어도 내 검은 숲 속에 얼어붙어 있고….

그렇다면….

"브람 블레이저!"

고오!

별안간.

정말 별안간 날아온 푸른색 충격파가 조나게인의 몸을 날려버렸다.

"……?!"

요란하게 땅을 굴렀지만 그래도 간신히 몸을 일으키는 조나게인.

증오가 서린 시선이 향한 그곳에는….

"할아버지, 그럼 못써요.

미인에겐 잘해주는 게 남자의 의무인데."

처음 보는 얼굴의 남자 하나,

느끼한 자세로 조나게인을 바라보고 있었다.

"큭…!"

나와 남자를 번갈아 바라보고 불리하다는 걸 깨달았는지

"그라이모어! 후퇴하자!"

조나게인은 크게 소리쳤다.

키잉!

손톱과 칼날이 교차했다.

"큭!"

힘에서 밀렸는지, 아니면 균형이 무너졌는지 상대에게 등을 보이는 형상으로 쓰러진 건 가우리 쪽이었다.

그라이모어가 손톱을 치켜 올렸다.

그러나….

"그라이모어! 후퇴하자!"

조나게인의 목소리가 울려 퍼진 건 바로 그때였다.

잠시.

그라이모어의 움직임에 주저하는 기색이 떠올랐다.

순간 가우리는 몸을 틀면서 오른손에 든 검으로 그라이모어를 후려쳤다!

키잉!

하지만 상대도 만만치 않았다. 불안정한 상태에서 펼친 일격은 허무하게 그라이모어의 오른손 손톱에 막히고 말았다.

허나….

검을 휘두른 그 여세를 이용해서 가우리는 더욱더 몸을 틀었다.

그 왼손이 번뜩였다.

"크악!"

작은 비명을 지르며 몸을 뒤로 젖히는 그라이모어.

그대로 대자로 쿵 쓰러져서 움직이지 않게 되었다.

그 미간에는 가늘고 긴 바늘 같은 게 꽂혀 있었다.

다름 아닌

방금 가우리에 의해 부러진 그라이모어 자신의 손톱이었다.

가우리는 쓰러졌을 때, 땅에 떨어진 손톱을 왼손으로 주웠다가 검으로 견제한 후 집어 던졌던 것이다.

의도적인 것이었는지, 우연이었는지는 모르겠지만….

"……."

그라이모어가 죽은 걸 알자 조나게인은 말없이 숲 속으로 뛰어들어 모습을 감추었다.

—이참에 함께 해치워두고 싶지만 섣불리 쫓아가다간 다친다. 그리고 지금은 아리아가 걱정되기도 하고.

나는 아리아에게 달려가서 서둘러서 프리즈 애로에 맞은 부분을 확인했다.

다행히 장화와 바지 덕분에 그리 심각한 상태는 아니었지만 그렇다고 내버려두어도 좋을 상황도 아니다.

"먼저… 다리를 따뜻하게 해야겠어."

"이봐, 괜찮아?"

걱정스러운 듯 말을 걸어온 낯선 남자에게 나는 고개를 돌렸다.

"일단은 응급 치료가 우선이야.

네 소개는 나중에 들을게."

"난 디랄이라고 해."

모닥불 속에 장작을 하나 넣으며 남자는 그렇게 말했다.

일단 나뭇가지들을 모아서 모닥불을 피워 아리아의 다리를 따뜻하게 해준 뒤 겨우 한숨 돌렸을 때였다.

남자의 나이는 스물 남짓. 검은 머리카락에 검은 옷. 조금 호리호리한 체격이었다.

좀 더 살이 쪘다면 그럭저럭 미남으로 통할지도 모르겠지만 지저분한 수염과 더러운 옷이 칠칠치 못하다.

"저기… 아까는 고마웠습니다."

차가워진 다리를 모닥불로 따뜻하게 하면서 아리아는 디랄에게 꾸벅 가볍게 고개를 숙였다.

그는 살랑살랑 손을 휘저으며

"뭘. 신경 쓸 것 없어.

그런 상황에 처하면 미인을 구하는 게 남자의 의무니까.

그런데 네 이름은?"

가벼운 어조로 말했다.

"아리아라고 해요."

"여기 있는 두 사람은 하인?"

"이봐…."

무심코 도끼눈으로 반박하는 나.

"그런 셈이죠."

"야!"

"그건 농담이고…."

내 서슬에 아리아는 황급히 팔랑팔랑 손을 휘젓더니 말했다.

"도움을 받고 있어요. 제가 크림슨으로 가는 데 있어서."

"크림슨?!"

그녀의 말에 디랄은 눈을 크게 뜨고 묻는다.

"그럼… 혹시 너도 협회의 요청으로 크림슨에?"

"너도라니… 그럼 너도 그런 거야?"

옆에서 끼어든 나를 그는 힐끔 째려보았다.

"말해두는데… 미남미녀 사이의 대화에 끼어들지 않도록 조심하는 건, 그렇지 않은 사람의 의무야."

"뭐라고오오오?!"

"아아아! 리나! 진정해!"

소리를 지르며 날뛰는 나를 황급히 진정시키는 가우리.

"아, 소개할게요.

여기 계신 분들은 리나 인버스 씨와 가우리 씨예요."

아리아가 웃는 얼굴로 우리들을 소개한 그 순간.

사사사사사사사삭.

큰 소리를 내며 디릴은 크게 뒤로 물러났다.

엉거주춤한 자세로 내 쪽으로 눈길을 돌렸다.

"리, 리나… 인버스…

아니, 리나 인버스 씨…?"

"그래….."

"그 리나 인버스 씨란 말입니까?!"

"'그'란 말이 좀 걸리지만… 아마 그 리나 인버스가 맞을 거야."

"으아아아아악!"

도끼눈으로 내가 대답한 순간 디랄은 땅을 털썩 손으로 짚더니 빌었다.

"죄송합니다! 몰랐다곤 해도 그런 무례한 언동을 하다니! 부디 용서해주십시오! 제발 목숨만은!

노자는 전부 드릴 테니!"

"이것 봐!"

나에 대해 어떤 소문을 들은 거야?! 이 녀석은!

"저, 저기… 디랄 씨.

그렇게 겁내지 않아도 괜찮아요.

소문만큼 무서운 사람은 아니니까…."

난처한 얼굴로 말하는 아리아. 아무래도 좋지만 전혀 두둔하는 말로는 안 들린다.

디랄은 주뼛주뼛 엎드린 채 아리아에게 다가가더니 그 두 어깨에 손을 덥석! 얹고 진지한 어조로 소곤거렸다.

"안 돼, 아리아. 어떤 사정이 있는지는 모르겠지만 이런 사람들과 함께 다니면 안 된다고.

리나 인버스에게 물들면 어쩌려고 그래?"

"물들기는 뭐가 물들어어어어!"

"아앗! 다 들었나 보네!"

내 핀잔에 다시 사사삭 거리를 벌리는 디랄.

이, 이 녀석은….

"아, 그렇게 걱정 안 해도 돼. 나도 꽤 오랫동안 이 녀석과 함께 여행을 했지만…."

가우리는 밝은 어조로 그렇게 말하고….

거기서 잠시 침묵했다.

그 얼마 뒤에.

그는 머리를 긁적거리더니 말했다.

"아니… 아무것도 아냐."

"침울한 어조로 말하지 마아아아아!

그런 말을 하니까 꼭 나와 함께 여행을 하다가 험한 꼴만 당한 것 같잖아!"

"그럼 묻겠는데, 리나… 너랑 여행을 해서 나한테 좋은 일이 있었던 적이 한 번이라도 있었어…?"

윽….

그러고 보니… 아니, 그래도….

"뭐… 어쨌거나."

나는 시선을 아리아 쪽으로 돌리고 밀했다.

"아리아는 좀 사연이 있어서 꼭 크림슨에 가야 할 일이 있어."

"사연?"

"네…."

디랄의 물음에 아리아는 다시 띄엄띄엄 사정 설명을 시작했다.

"흐음… 그랬군."

아리아의 설명이 끝난 후.

어느 틈엔가 다시 모닥불 옆으로 다가온 디랄은 엄지로 자신의 턱을 쓰다듬었다.

"하지만 아리아,

크림슨으로 갈 거라면 한 가지 충고할게.

이대로 가도를 따라서 가는 건 피하는 게 좋아."

"네? 어째서요?"

"뭐, 대충 상상은 했겠지만 나도 일단 마법사거든.

나 역시 협회의 요청을 받아 크림슨으로 가고 있었어.

보수는 쥐꼬리였지만 돈도 다 떨어졌고 협회의 요청은 들어주는 편이 좋을 것 같아서 말야.

그런데 말이지,

이곳에서 한나절쯤 간 곳에 국왕군이 눌러앉아 있더군.

레서 데몬과 브라스 데몬의 게릴라 작전으로 발이 묶여 있는 모양이야."

데몬의 공격?!

디랄의 말에 무심코 미간을 좁히는 나.

조나게인의 소행이라고 생각하고 싶지만 녀석은 그동안 우리들을 찾아다니느라 바빴을 것이다.

그렇다면….

그 녀석보다 더 큰 능력을 가진 상대가 카이라스 진영에 있다고 생각하는 편이 좋을 것이다.

아무래도 국왕군도 쉽게 이기지는 못하겠군.

그런 생각으로 머리를 굴리고 있는 와중에도 디랄은 개의치 않고 이야기를 이어나갔다.

"그래서 녀석들은 데몬에게 대항하기 위해 상부의 위세를 등에 업고서 지나가는 마법사를 모조리 징용하고 있더라고.

그것도 공짜로 말야.

나도 징용당할 뻔했는데 거만하고 고지식한 군인 밑에서 일하는 건 말도 안 된다고 생각했어.

그래서 냉큼 도망쳤지.

그리고 이렇게 너희들을 만나게 된 셈이야.

국왕군보다 먼저 가야 한다면 국왕군에게 징용될 순 없겠지?

그러니까 가도를 따라서 가는 건 피하는 편이 좋아."

그렇군… 그건 그렇다.

"그렇다고는 해도

이 가도로 가지 않고 우회하면 꽤 멀리 돌아가야 해.

그림슨까지 가는 데 과연 며칠이나 걸릴지…."

말하고 나서 팔짱을 끼는 나.

국왕군에게 징용당하지 않으려고 멀리 돌아갔다가 크림슨에 도착했을 때 이미 상황이 끝난 뒤라면 아무런 의미가 없다.

"어쩌면…."

그로부터 얼마 뒤.

아리아가 작게 중얼거렸다.

"어쩌면… 방법이 있을지도 모르겠어요."

2. 가자! 목적지는 마법사 협회!

크림슨 마을.

지금까지 실제로 가본 적은 없지만 이야기로는 들은 적이 있다.

원래는 큰 호수에 떠 있는 무수한 작은 섬들을 다리 같은 것으로 이은 것인데, 그것이 어느 틈엔가 커진 마을이라고 한다.

무수한 운하가 사방을 가로지르고 있고 주요 교통수단은 그 운하에 떠 있는 작은 배들.

마을 안 건물은 모두 흰색으로 칠해져 있다.

이야기만 들으면 관광 명소가 연상되는데….

전부터 내게는 도저히 이해되지 않는 의문이 하나 있었다.

다시 말해.

어째서 마을 이름이 '크림슨(Crimson. 진홍색)'이냐는 것.

하지만….

"아항… 이래서 '크림슨'이었구나."

그날.

산에서 마을을 내려다본 순간 내 의문은 깨끗하게 해소되었다.

시각은 저녁. 마침 산 끝자락에 석양이 잠기고 있을 무렵.

오렌지색 햇빛을 받아 운하의 수면은 붉은색으로 빛났고 모든 건물도 불타듯 선명한 진홍색으로 물들었다.

과연 이 정도면 크림슨 마을이라 부르기에 손색이 없다.

"이곳에서… 조금 내려가면 나와요."

뒤에서 수풀을 헤치고 나온 아리아가 입을 열었다.

일단 산에 올라가서 수로를 이용하자.

그것이 그녀의 제안이었다.

가도에서 벗어나 옆길로 들어가서 언뜻 아무런 관계도 없어 보이는 산으로 올라가면 국왕군과 마주칠 필요 없이 크림슨의 수원(水源) 부근에 닿는다는 게 아리아의 설명이었다.

솔직히 수로를 이용한다는 생각은 국왕군이나 카이라스 일당도 했을 것으로 짐작했는데, 실제로 이곳에 도착할 때까지 국왕군도, 적도 전혀 만나지 못했다.

크림슨은 본래 호수였던 만큼 여러 개의 수원을 가지고 있다.

그중 가장 큰 게 이 산을 지나는 것인데, 아리아는 어렸을 때 언니와 함께 자주 이 수원을 '탐험'했다고 한다.

그것이 이런 형태로 도움이 될 줄이야….

행운이라고 해야 할지, 불운이라고 해야 할지….

"그럼… 슬슬 가볼까."

말하면서 디랄은 뻔뻔하게 아리아의 어깨에 팔을 둘렀다.

그렇다.

이러니저러니 말이 많았지만 결국 이 남자도 우리 일행을 따라오게 된 것이다.

크림슨?

일단 협회로부터 의뢰를 받은 이상, 포기할 수도 없고 그렇다고 국왕군이 버티고 있는 가도 쪽으로 갈 수도 없다.

그렇다면 남은 선택은 우리와 함께 가는 것뿐.

그것이 디랄의 설명이었지만 내가 보기엔 아리아에게 치근대기 위한 수작으로밖에 보이지 않는다.

"저, 저기… 디랄 씨…."

"음? 아아,

훗. 무서운 거야? 아리아?"

"싫어하잖아아아아!"

퍼억!

내 발바닥이 디랄의 안면을 찍어 눌렀다.

"원 참…

안 돼, 아리아. 이런 녀석은 싫으면 싫다고 분명히 말하지 않으면 계속 기어오르니까."

"네…."

나의 친절한 충고에 모호하게 고개를 끄덕이는 아리아.

"아구구구…. 넌… 너무 분명한 것 같다는 생각이 드는데…."

"그게 나의 좋은 점이지!"

"……."

딱 잘라 말하는 나에게 디랄은 구겨진 얼굴 그대로 침묵했다.

"뭐, 어쨌거나 아리아, 그 '수원'이란 곳으로 안내해줘."

"알았어요."

나의 말에 고개를 끄덕인 아리아는 앞장서서 수풀을 헤치고 나아갔다.

어느 정도 가자 어딘가에서 들려오는 물소리.

"이곳이에요."

아리아가 발길을 멈춘 곳은 그곳에서 얼마 정도 더 간 곳이었다.

"이곳이라니…?"

가우리는 난처하다는 얼굴로 주위를 둘러보았다.

"폭포… 로밖에 안 보이는데…."

"네, 폭포예요."

태연한 얼굴로 대답하는 아리아.

그랬다.

콸콸콸 하는 시끄러운 소리를 내며 엄청난 양의 물이 절벽 밑으로 떨어지고 있다.

우리들이 얼굴을 내민 곳은 그 폭포 옆 중간쯤 되는 높이에 튀어나온 절벽 위였다.

참고로 이곳에서 아래쪽까지만 해도 2층 건물 정도의 높이….

강이라기보다는 계곡이라 하는 편이 옳을 것이다. 녹색을 띤 엄청난 양의 물이 절벽 사이로 콸콸콸 흐르고 있다.

"설마… 뛰어내리라는 말은 아니겠지?"

주뼛주뼛 묻는 가우리에게 아리아는 쓴웃음을 머금고 손을 살랑살랑 흔들면서 대답했다.

"설마요. 이런 폭포가 앞으로 두세 개는 더 있으니 그랬다간 죽어요."

흐음…, 국왕군과 카이라스 일당이 이쪽 방면에 신경을 쓰지 않은 건 그 때문이었나?

"어쨌거나 이곳만 어떻게 내려가면 바로 크림슨이에요."

호오, 이곳을….

…….

"아니, 잠깐만!"

나는 성큼성큼 아리아에게 다가가서 따졌다.

"어떻게 내려가면… 이라니. 너 설마 그 방법도 생각지 않고서 데리고 온 건 아니겠지?"

"아…, 아뇨, 아뇨. 방법이 여럿 있다는 의미예요.

수면 위를 레비테이션으로 나아가거나 계곡을 따라 산길을 내려가는….

산길 쪽은 편한 길이라곤 할 수 없지만… 저도 어렸을 때 자주 오르내리곤 했으니 그리 무리한 길은 아닐 거라 생각해요."

"그 방법은 안 돼, 유감이지만."

아리아의 제안을 나는 딱 잘라 부정했다.

"네…?"

"그 방법으로 나아가면 틀림없이 카이라스 일당에게 발각되고 말 테니까.

크림슨에 살았던 아리아가 이 길을 알고 있으니 같은 마을에 살

앉던 카이라스도 알고 있을 가능성이 높아.

이 장소는 결코 몇 십 명씩 지나갈 수 있는 길이 아니니까 당연히 국왕군은 이 길을 알고 있다고 해도 지나가지 않을 거야.

그래서 카이라스 일당도 이 길에는 전력을 배치하지 않은 것 같지만,

좀 더 마을에 접근하면 전력까지는 아니더라도 정찰병 정도는 배치되어 있을 거라고 생각하는 편이 좋아.

그리고 어둠을 틈타 이동한다고 해도 레비테이션으로 둥실둥실 떠간다거나 수풀을 헤치며 나아간다면 틀림없이 상대에게 발각되겠지.

그렇게 되면 바로 전력을 이쪽으로 파견할 테니…

끝장까지는 아니더라도 일이 꼬이는 것만은 분명하다고.”

“하… 하지만 그럼…?

그렇다고 이제 와서 다른 길을 찾는 건 너무 시간이 많이 걸릴 텐데.”

“으음….”

나는 신음하며 폭포 밑을 내려다보았다.

콸콸 소리를 내며 떨어지는 진녹색 물.

“저기, 아리아. 이곳 강은 역시 꽤 깊겠지?”

“네? 네…. 폭포만 없다면 어지간한 배도 지나갈 수 있을 정도의 깊이는 될 거예요.”

“그렇군….

그럼 방법은 결정됐어."

"어떻게 할 건가요?"

묻는 아리아에게 나는 한참 밑의 수면을 가리켜 보였다.

"물속으로 가는 거야."

콸콸콸콸.

잠시 폭포 소리만이 주위에 울려 퍼졌고….

"""뭐어어어어어어?!"""

가우리, 아리아, 디랄 세 사람의 비명이 동시에 메아리쳤다.

"잠깐, 리나! 설마 헤엄쳐서 간다는 의미는 아니겠지?!"

"무모해요! 여기 말고도 또 폭포가 있다고 말했잖아요!"

"이런 곳에서 뛰어내릴 바엔 적과 싸우는 편이 더 나아!"

"크아아아아아! 누가 헤엄친대!!"

일제히 항의하는 세 사람을 나는 소리를 질러 침묵시켰다.

"아무도 '헤엄치라'고 하진 않았어!

죽는다고! 그랬다간!

바람의 결계를 두르고 고속으로 비행하는 '레이 윙'이란 술법이 있는데 그걸 써서 물속으로 가자고 생각했던 거야, 난.

바람의 결계가 쳐져 있으니 안에서 숨을 쉴 수 있고 강이 충분히 깊나고 했으니 밖에서도 안 보이겠지."

물론 평범한 레이 윙으론 나를 비롯한 넷을 모두 운반하기란 불가능하지만, 전에 어떤 상대에게서 구입한 텔리스먼으로 마력을 증폭한다면 불가능한 일은 아닐 것이다.

"아! 그런 거였군요!"

"그렇다면 특별히 이견은 없어."

내 제안에 순순히 수긍하는 아리아와 디랄.

"그런가? 왠지… 그것도 꽤나 거친 방법 같다는 생각이 드는데
…."

가우리만 혼자 투덜거렸지만 그 말은 무시.

사실 이번만은 가우리의 말이 틀린 게 아니었지만….

그런 내색은 전혀 드러내지 않고 나는 싱글벙글 웃는 얼굴을 보
였다.

"자, 결정되었으니 당장 출발하자. 다들 구명 밧줄을 매. 물속에
서 소지품이나 무기를 떨어뜨리지 않도록 조심하고."

말하고 나서 나도 척척 준비를 진행했다.

말할 것도 없으리라 생각하지만 일전에 조나게인과 싸웠을 때,
얼음덩어리가 된 내 쇼트 소드는 당연히 회수해두었다. 명검까지
는 아니더라도 결코 싸구려 검은 아니다.

물속에서 빠지지 않도록 칼집과 칼자루를 끈으로 묶어서 허리
띠에 감아 고정한다.

구명 밧줄도 마찬가지로 허리에 묶었다.

그 사이 다른 세 사람도 대략 준비가 끝나 있었다.

"자, 그럼 슬슬 가볼까?"

내 말에 고개를 끄덕이는 세 사람.

그에 부응해서 나도 고개를 끄덕이고 속으로 주문을 외우기 시

작했다.

그리고….

"레이 윙!"

바람의 결계에 감싸인 채 우리 네 사람은 흘러가는 강물을 향해 뛰어내렸다.

"거짓말쟁이이이! 리나 씨는 거짓말쟁이이이이이!"

"말하지 마! 아리아! 혀를 깨물 수도 있어!"

바람의 결계 안에서 아리아와 디랄 두 사람의 목소리가 울려 퍼졌다.

뭐…, 비명을 지르고 싶어지는 것도 이해가 안 되는 바는 아니지만….

바람의 결계에 감싸인 채 물속을 나아가는 것.

말이 쉽지, 빈말로라도 유람선을 탄 것처럼 느긋한 여정이라곤 할 수 없다.

물속이라고 해도 평탄한 바닥만 계속되는 건 아니다. 바위가 있고 여울이 있고 파인 곳이 있다.

게다가 그곳에는 물이 흐르고 있다. 완급과 흐름의 방향성은 거의 예측 불능.

그 속을 레이 윙으로 이동하고 있는 것이다.

아니, 솔직히 말해 그냥 떠내려가고 있다고 해도 과언은 아니다.

폭포에서 떨어질 때에는 다소 속도를 조정하기도 하지만, 그때를 제외하면 거의 떠내려가는 수준이다.

그 감각이 대체 어느 정도인지는…… 굳이 말하지 않아도 알 것이다.

이런 약간의 서스펜스에 두 사람이 비명을 지르는 기분도 이해가 안 되는 바는 아니지만….

하지만 '거짓말쟁이'라 부르지는 말았으면 한다. 나는 한 번도 '흔들리지 않는다'거나 '안전하다'고 말한 적은 없다.

소리를 지르는 두 사람과는 대조적으로 가우리는 입을 꽉 다물고 있었지만 고개만 돌려 힐끔 그쪽을 바라보니 입을 다물고 있는 표정이 '인생 뭐 있나' 하는 표정이다.

뭐, 어쨌거나 이렇게 된 이상, 크림슨에 도착할 때까지 어떻게든 견딜 수밖에 없다.

이 강을 내려가면서 지금까지 폭포로 보이는 곳을 세 곳 정도 통과했다(통과라기보다는 떨어졌다). 아리아의 이야기에 따르면 슬슬 크림슨 근처일 거라 생각되는데….

이런 상황에서는 얼굴을 내밀고 주위를 정찰할 수도 없다.

물 위의 상황을 보려고 한다면 당연히 바람의 결계째 수면으로 부상해야 할 필요가 있는데 그랬다간 바로 눈에 뜨인다. 적이 있다면 단번에 발각될 것이다.

따라서 물속 상황으로 주위의 상황을 판단할 수밖에 없다.

아마 마을에 들어가면 물의 흐름도 느려질 테고 강 제방에도 사람의 손이 가해진 흔적이 보일 것이다.

해가 거의 저문 탓에 사방은 잘 보이지 않았지만 달빛이 밝은 건지 주변 상황 정도는 어느 정도 확인이 가능했다.

그러고 보니 아까부터 왠지 물살이 느려진 것 같은데….

나는 술법을 제어하면서 좌우로 시선을 돌렸다. 그리고….

"……."

우리들의 옆.

오른쪽으로 눈길을 돌렸다가 무심코 나는 침묵했다.

"리나 씨?"

내 낌새를 눈치챘는지 아리아도 그쪽으로 시선을 돌렸고….

"……."

역시나 침묵했다.

눈이… 있었다.

바람의 결계 바깥쪽. 물속에서 이쪽을 바라보는 한 개의 눈.

어른 주먹만 한 크기일까?

그것이 이 결계에 딱 달라붙은 듯 같은 속도로 나아가고 있었다.

분명히 말해서 이상…, 아니, 굉장히 무섭다.

눈 본체의 모습은 뚜렷하게 보이지 않지만 큰 그림자가 물속에서 흔들리고 있는 것만큼은 알 수 있었다.

"저기….'

아리아는 내 쪽으로 고개를 돌렸다.

"물고기… 겠죠?"

목소리와 미소가 떨리고 있다.

아닐 거라… 생각해.

나는 그 말을 입 밖으로 내지는 않고 대신 말없이 술법의 이동 속도를 높였다.

오른쪽에서 나란히 달리던 '눈'이 뒤쪽으로 처지더니….

촤악!

"우왓?!"

이상한 소리와 디랄의 비명은 거의 동시에 들려왔다.

돌아보니 바람의 결계 뒤쪽을 뚫고 침입한 여러 가닥의 녹색 촉수가, 마치 우리들을 찾는 것처럼 꿈틀거리고 있었다.

가우리는 좁은 결계 속에서 능숙하게 검을 뽑아 들더니 그 녹색 촉수를 베어냈다.

역시 적도 온통 운하뿐인 이 마을의 물속을 방치할 정도로 호락호락하진 않았던 건가!

"발각됐어! 올라가자!"

이렇게 된 이상, 물속으로 이동하는 건 백해무익. 나는 술법의 고도를 높여서 수면으로 부상했다. 하지만.

출렁.

부상하려고 한 순간, 무언가에 부딪친 듯한 충격이 바람의 결계를 뒤흔들었다.

"리나 씨! 위를 봐요!"

아리아의 목소리에 올려다보니 바람의 결계를 뒤덮는 형상으로 물속을 나아가는 이상한 형태의 그림자가 두 개.

수면을 등지고 있어서 검은 윤곽선밖에 보이지 않지만, 적어도 물고기가 아니라는 사실만은 분명했다.

그 두 그림자가 흐느적 흔들리더니.

좌악!

예리한 칼날 같은 지느러미 두 개가 바람의 결계의 상부를 가르고 들어온 건 그때였다.

"이런!"

황급히 검으로 튕겨내는 가우리.

그러나… 아무리 가우리의 실력이 초일류라고 해도 발 디딜 곳조차 안정되지 않은 이 상황에서 충분한 실력을 발휘할 수 있을 리가 없다. 튕겨나간 지느러미는 한 번 뒤로 물러났지만 다시 내부로 침입했다.

"아리아! 프리즈 애로!"

"네…? 하지만 프리즈 애로는….."

내 지시의 의미를 이해하지 못하고 주저하는 아리아. 대신 디랄이 주문 영창을 개시했나.

그리고….

"프리즈 애로!"

디랄의 냉기의 화살은 바람의 결계 안이 아니라 바깥쪽에 출현했다.

다시 말해 결계 위에 달라붙어 있는 두 그림자가 있는 장소에.

물론 이 그림자들에게 프리즈 애로가 통할지 어떨지는 알 수 없다.

그러나 물은 확실히 얼릴 수 있다.

냉기의 화살은 출현과 동시에 물을 얼렸고, 얼음은 두 그림자에 달라붙어 그 행동을 봉인했다!

위에 있던 그림자들의 움직임이 멈추었다.

결계를 깨뜨린 지느러미가 그림자와 함께 뒤쪽으로 흘러간다.

좋았어! 이제 위쪽은 비어 있다!

나는 기력을 짜내 바람의 결계를 상승시켜서 수면을 가르고 밤하늘 아래로 뛰쳐나왔다!

하늘에 가득한 별들.

달빛에 물보라가 반짝인다.

밤하늘을 누비는 날개의 무리.

검게 늘어선 거리 풍경.

그곳은 이미 크림슨 마을의 내부였다.

…….

날개의 무리?!

나는 황급히 눈을 돌렸다.

밤에 날아다니는 동물이라면 보통 박쥐나 올빼미인데, 크림슨의 밤하늘에 날아다니고 있는 건 그 어느 것도 아니었다.

물론 날개 형상이 박쥐와 다소 비슷하기는 하다.

그러나… 날개가 비슷하다고 해서 창을 든 투박한 등신대 인형 같은 걸 보통 박쥐라 부르지는 않는다.

그런 형상을 하고 있는 녀석 한 마리가, 날개 달린 레서 데몬 비슷한 것들 십여 마리를 거느리고 눈도, 코도 없는 얼굴을 빤히 이쪽으로 돌리고 있었다.

제기랄! 수중 부대 다음은 비행 부대냐?!

어찌 됐든 이 상태에선 자유롭게 움직이지 못한다. 술법을 제어해서 가까운 길에 내려선 다음, 나는 술법을 해제했다.

동시에….

촤악!

물소리를 내며 운하에서 기어오르는 여러 개의 그림자.

전신을 뒤덮은 비늘 같은 게 달빛을 반사해서 흐릿하게 빛난다.

그것은 레서 데몬과 물고기 쌍방의 특징을 혼합한 듯한 생물이었다.

손발에는 아까 바람의 결계를 가르고 들어온 것과 같은 형태의 지느러미가 나 있다.

"칫!"

녀석들이 모습을 드러내자 가우리는 검을 겨누고 달려갔다!

"잠깐, 가우리…."

우당탕!

말이 끝나기도 전에 요란하게 쓰러지는 나와 가우리.

나는 벌떡! 몸을 일으켰다.

"지금은 구명 밧줄로 서로 묶어놓은 상태잖아아아아!"

"미, 미안!"

가우리는 황급히 몸을 일으켜서 검을 한 번 휘둘러 밧줄을 잘라 낸 다음 다시 달리기 시작했다.

우리들도 칼자루와 칼집을 묶은 끈을 풀고 구명 밧줄을 풀어냈다.

촤악!

가우리의 검이 달빛에 번뜩이며 한 마리의 물고기 데몬을 베어 냈다!

우오오오오오오오오오….

조금 떨어진 곳에 있던 다른 한 마리가 밤하늘에 대고 가늘게 울부짖었다.

순간, 그 눈앞에 수십 발의 냉기의 화살이 출현했다!

이건?!

"가우리! 후퇴하자!"

라고 말하고 나서 나는 발길을 돌려 달리기 시작했다.

지금 적은 물고기 데몬 몇 마리에 날개 달린 레서 데몬 십여 마리. 거기에 날개 달린 인형도 있다. 이기지 못할 상대로는 보이지 않지만 전부 해치우는 데에는 시간이 걸린다. 그리고 시간이 걸리면 걸릴수록 그만큼 적의 증원군이 올 확률도 높아진다.

지금은 일단 태세를 바로잡기 위한 시간이 필요하다.

"이… 이봐! 리나!"

황급히 뒤를 따라오는 가우리. 아리아와 디랄도 물론 함께 달리기 시작했다.

펄럭!

동시에 울려 퍼지는 공기를 뒤흔드는 날개 소리.

뒤쪽에서 살기를 느끼면서도 나는 주문을 외우며 골목길로 뛰어들었다.

뒤쪽을 올려다보니 건물들 사이로 보이는 하늘에 여러 개의 날개가 밤하늘을 누비고 있다.

―역시 날개 때문에 좁은 골목길로는 못 들어오는군.

하지만 그렇다고 안심할 수는 없다. 아마 위에서 공격주문이 날아올 것이다!

구오오오오오오오!

상공에서 데몬들의 울음소리가 울려 퍼졌다. 그리고….

동시에 나는 외운 주문을 해방했다!

옆에 있는 담벼락에 손을 탁! 대고.

"블래스트 웨이브[黑魔波動]!"

콰앙!

엄청난 소리를 내며 벽에 큰 구멍이 뚫렸다.

"이쪽이야!"

말하고 뛰어드는 나를 따라서 세 사람도 구멍을 통해 집 안으로 뛰어들었다.

"그렇다고 남의 집을…."

아리아의 항의하는 목소리가 끝나기도 전에.

콰과과과과과!

굉음과 함께 골목길에 일어나는 모래먼지.

아마 위에 있는 데몬들이 공격주문을 쏜 것이리라. 물론 나는 그것을 예측하고 집 안으로 뛰어든 것이지만.

아리아는 이 집 걱정을 하고 있는 모양이지만 아마 이곳엔 아무도 없을 것이다. 이유는 밖에서 보았을 때 빛이 새어 나오지 않았다는 것. 잠자리에 들기에는 이른 시각이고. 그렇다고 등불 없이 지내기엔 너무 어둡다.

나의 그 예상을 뒷받침하기라도 하듯, 뛰어든 실내에는 가구가 없었고 사람이 살고 있는 기척도 없었다.

이 마을에서 소동이 일어나자 도망친 건지, 애당초 아무도 살고 있지 않았던 건지는 알 수 없지만.

어쨌거나… 문제는 앞으로 어떻게 하느냐이다.

물론 적도 우리들이 이곳으로 들어갔다는 사실을 알았을 것이다. 곧 무슨 공격을 할 터.

숫자만 믿고 돌입할까?

아니. 아마도.

나는 속으로 주문을 외우기 시작했다.

이윽고.

데몬들이 쏜 마력공격이 그 집을 날려버린 건 그로부터 얼마 뒤의 일이었다.

쿠… 웅….

"역시나…."

무거운 땅울림을 저 멀리로 들으면서 나는 어둠 속에서 작게 중얼거렸다.

"역시나… 라뇨?"

"놈들은 집째 우리들을 날려버릴 생각이었어."

아리아의 물음에 나는 대답했다.

하지만 이 상황에서 이야기를 계속하는 것도 좀 불편하다. 나는 속으로 주문을 외우고….

"라이팅."

팟….

내가 만들어낸 작은 마법의 빛이 주위를 밝혔다.

일단 네 사람 모두 무사한 듯하다.

"저기, 리나, 좀 더 장소를 넓힐 수 없을까? 아무리 그래도 이건 너무 좁아."

"이쩔 수 없잖아. 시간이 없었으니까.

뭐, 좀 더 넓힐 수는 있겠지만… 그렇게 넓게는 할 수 없어.

어찌 됐든 땅속이니."

빈집에 뛰어든 후.

나는 데몬들이 우리들을 집째 날려버릴 걸 예측하고 베피스 브링[地精道. 터널을 파는 주문]을 써서 바닥에 구멍을 뚫고 지하로 도망쳤다.

마음만 먹으면 같은 술법으로 웬만한 방 정도 넓이를 확보할 수도 있지만, 기둥도 없이 구멍을 넓히다간 이번엔 토사 붕괴가 일어날 우려가 생긴다.

하지만 지렁이도 아닌데 이런 더럽게 좁은 터널에서 일렬로 늘어서서 이야기를 하는 것도 무언가 얼빠진 느낌이다.

나는 속으로 주문을 외우고….

"베피스 브링."

나의 제어에 따라 주위의 흙이 야금야금 사라져간다.

그나저나 이렇게 파여나간 흙은 대체 어디로 사라지는 걸까?

문득 그런 게 마음에 걸렸지만 지금은 그런 생각을 하고 있을 때가 아니다.

어쨌거나….

이윽고 그곳에는 겨우 네 사람이 양반다리로 앉을 수 있을 만한 공간이 만들어졌다.

"하지만… 이젠 정말 난처하게 됐어."

처음 입을 연 건 다름 아닌 나 자신이었다.

"본거지인 만큼 전력이 충실할 것으론 예상했지만… 그렇게 여러 가지 타입의 데몬이 우글우글 튀어나올 줄이야…."

"데몬…… 이라면 그 반어인 같은 녀석이나 날개 달린 녀석 말야?"

미간을 좁히고 묻는 디랄에게 나는 고개를 끄덕였다.

"그 날개 달린 인형 같은 건 도저히 모르겠지만… 다른 날개 달린 녀석과 반어인 같은 건 아마 레서 데몬의 친척이랄까, 털 빛깔이 좀 바뀐 레서 데몬이라고 생각해.

아까 그 반어인 같은 녀석이 한 번 운 것만으로도 프리즈 애로가 출현했어.

레서 데몬이 흔히 하는 것처럼 말야."

이건 단순히 내 상상이지만….

쥐를 매개체 삼아 레서 데몬을 만들어낸 것과 비슷한 방법으로, 조나게인은 물고기와 새를 써서 수중전과 공중전 전용 레서 데몬들을 만들어낸 게 아닐까?

나의 말에 디랄은 엄지로 턱을 쓰다듬었다.

"왠지… 엄청난 곳에 와버린 것 같다는 느낌이군….

이럴 바엔 국왕군에게 공짜로 부림을 당하는 편이 적어도 안전하긴 했을 텐데…."

"미안해요, 이상한 일에 말려들게 해서…."

아리아가 침울하게 중얼거리자 디랄은 당황해서 말했다.

"아…! 아냐, 아냐! 아리아가 신경 쓸 것 없어!

그런 의도로 한 말이 아니라,

이런 거친 일은 나나 너처럼 섬세한 사람에겐 어울리지 않는 게 아닐까 해서 한 말이라고."

"호오⋯."

"무슨 의미지? 그건⋯."

옆에서 끼어드는 나와 가우리.

"아! 아냐! 그렇다고 너희들이 무신경하다는 말은 아니야!"

이 녀석⋯, 언젠가는 입이 화근이 되어 파멸할 타입이군⋯.

"어쨌거나 문제는 앞으로 어떻게 움직일까 하는 거야.

이렇게 데몬들이 우글거리고 있으니 아예 마을째 날려버리는 편이 빠를지도⋯."

"그건 안 돼요, 리나 씨! 그것만은!

마을에는 아직 사람이 있다고요."

"그⋯ 그래! 아무리 적을 해치우기 위해서라고 해도⋯. 마음을 고쳐먹어! 응? 응?"

내 말에 안색을 바꾸고 필사적인 어조로 설득에 나서는 아리아와 디랄.

"곧이곧대로 받아들이면 어떡해! 그냥 농담 한번 한 것 가지고!"

"그런 것치곤 눈이 매서웠는데⋯."

"옆에서 쓸데없이 끼어들지 마, 가우리!

어쨌거나,

적의 본거지를 습격해서 카이라스만 냉큼 해치우는 작전으로 간다면 어떤 방법으로 상대의 본거지까지 가느냐 하는 게 문제가 되는데⋯.

아리아, 지금 우리들이 있는 곳과 카이라스가 있는 곳의 위치 관계를 알 수 있어?"

"카이라스가 있는 곳은 아마 마법사 협회일 거라 생각되는데요 …. 문제는 우리들이 있는 곳이에요.

저도 마을을 구석구석 알고 있는 건 아니고…. 낮이라면 그나마 감을 좀 잡겠지만…."

"다시 말해 이곳이 어딘지 잘 모르겠다는 거지?"

"죄송해요, 도움이 못 되어드려서…."

미안한 듯 몸을 움츠린다.

"아, 신경 쓰지 않아도 된다니까.

하지만 그렇다면 일단 이곳의 위치 확인부터 해야겠어. 그럼 당장에…."

"저기, 리나. 지금 위로 얼굴을 내미는 건 위험하지 않을까?"

주문을 외우려고 하는 나에게, 드물게도 날카로운 의견을 내는 가우리.

"뭐, 그야 그렇지. 아직 지상에는 놈들이 얼쩡거리고 있을 테니.

하지만 여기서 시간을 보낸다고 해도 운이 없으면 적들의 한복판에 나가야 한다는 점엔 변함이 없어.

그리고…

우리들로서도 그렇게 시간이 남아도는 상황은 아니야."

우리들이 뛰어든 집을 데몬들이 파괴했을 때, 아마 이 구멍 입구는 막혔을 것이다. 그렇다면 얼른 움직이지 않으면 이대로 질식

사할 가능성도 없지는 않다.

만약 그렇게 되지 않는다고 해도, 적이 꽤 신중한 녀석이라서 시체를 확인하기 위해 잔해를 뒤지다가 시체가 아니라 이 구멍 입구를 발견한다면 대체 어떻게 나올지….

나라면 주저 없이 물을 부어버릴 것이다.

여하튼 이대로 가만히 기다리고 있어봤자 상황은 악화될 뿐 호전되지는 않는다.

나는 속으로 주문을 외우고….

"베피스 브링!"

벽에 탁! 손을 대자 흙이 팍팍 깎여나가며 긴 터널이 뚫렸다.

"일단…

적당히 터널을 파서 어느 정도 나아간 후 지상으로 얼굴을 내밀기로 하자."

내 제안에 일동은 동시에 고개를 끄덕였다.

하지만.

"베피스 브링!"

이런 단순 작업은….

"베피스 브링!"

꽤나… 지겨운 법이다.

"다시 베피스 브링!"

계속해서 같은 주문을 반복….

흙 속에서 물이 스멀스멀 배어 나오기 시작한 건 그로부터 얼마나 파나갔을 때였을까.

빛을 비추어보니, 아니나 다를까, 아래쪽이 흠뻑 젖어 있었다.

참고로 빛은 뽑아 든 쇼트 소드 끝에 걸어둔 라이팅. 한번 만들어진 마력의 빛은 유효 시간이 끝날 때까지 기본적으로 끌 수 없지만 이런 식으로 해두면 빛을 끄고 싶을 때엔 검을 칼집에 꽂으면 만사 해결이다.

"물이 나왔어…."

"본래 호수였던 땅이었으니까요.

위에는 운하도 흐르고 있고요.

아, 참, 잘못해서 운하 쪽으로 나가버리면 비참하니까 조금 깊숙이 나아가는 편이 좋을지도 몰라요."

"그렇군. 알았어."

나는 다음 베피스 브링을 조금 아래쪽을 향해 쏘고 축축한 지면을 계속 기어갔다.

"하지만… 이래선 정말 못 견디겠군."

뒤쪽에서 디랄이 투덜거리는 소리가 들려왔다.

"옷이 흠뻑 젖어서 찝찝하기가 이를 데 없어."

"투덜거리지 마, 디랄. 나랑 아리아노 불평 한 마디 없이 나아가고 있으니까."

"그건 그렇지만… 좀 더 쉬운 방법은 없어?"

"발각되더라도 추격자들을 너 혼자서 모두 어떻게 해준다면 땅

위로 걸어가도 상관없어."

"아니…, 그건 좀….

알았어! 불평 안 하고 가면 되잖아!"

"진작 그럴 것이지."

말하고 나서 나는 다시 주문을 외우기 시작했다.

"그런데 리나."

가우리가 말을 걸어온 건 주문을 외우기 시작한 바로 그때였다.

"아까부터 마음에 걸리던 건데… 저기, 듣고 있어?"

물론 난 듣고 있다. 다만 주문을 외우는 도중이라 대답을 하지
못하고 있을 뿐.

"아까부터 땅의 감촉이 달라진 것 같은데…."

너 말야….

"베피스 브링."

일단 외운 주문으로 터널을 파고 다시 그곳으로 기어가면서 말
했다.

"감촉이 다를 수밖에 없잖아. 밑은 거의 진흙처럼 되어 있으니
까."

"아니, 그럼 감촉 차이가 아니라…."

"그럼 어떤…."

말한 그 순간.

푸욱.

바닥에 대고 있던 오른손이 푹 빠졌다.

어렵쇼?

그 순간.

콰아아아아아아아!

흘러나온 엄청난 물이 우리들을 다짜고짜 휩쓸어버렸다.

"우… 욱…."

신음하고 눈을 두세 번 깜빡.

맨 처음 눈에 들어온 건 시야를 가득 채운 반짝이끼였다.

몸 이곳저곳을 확인하며 몸을 일으켰다. 다행히 다친 곳은 없는 모양이다.

옆에는 쓰러져 뻗어 있는 가우리.

주위를 대충 둘러보니 그곳은 온통 물 천지.

호수에는 작은 오두막을 하나 지을 수 있을까 말까 한 크기의 작은 섬이 여럿 흩어져 있었는데 나와 가우리가 쓰러져 있던 곳도 그중 하나였다.

아리아와 디랄, 두 사람도 근처에 있는 다른 검 위에 쓰러져 있다.

그리고 천장에는 사방을 온통 뒤덮은 반짝이끼.

"지하 호수…?"

중얼거린 건 내가 아니라 방금 정신이 들었는지 작은 섬 위에서 상체를 일으킨 아리아였다.

—그래.

우리가 있는 이곳은, 크림슨의 지하에 드넓게 펼쳐진 지하 호수였다.

이런 곳이 있다는 건 나도 방금 처음 알았지만.

"이구구…. 이봐, 대체 뭐가 어떻게 된 거야?"

나는 몸을 일으키면서 묻는 디랄에게 눈길을 돌리고 대답했다.

"아마… 이 호수로 통하는 물길이 땅 밑을 지나고 있었을 거야. 그리고 우리들은 바로 그 위를 지나가다…."

"바닥이 뚫린 거로군."

"그런 셈이지.

야, 가우리. 언제까지 자고 있을 거야?"

"우… 우…."

내가 몸을 흔들자 가우리는 작게 신음하고 몸을 뒤척이더니….

갑자기 벌떡! 몸을 일으켰다.

주위를 두리번두리번 돌아보다가 나에게 척 눈길을 멈춘다.

"아까 이야기 말인데, 얇은 판 위를 나아가고 있다는 느낌이었어."

"그… 그래…?"

나는 난처하다는 표정으로 머리를 긁적이며 말했다.

"저도… 처음 알았어요. 마을 밑에 호수가 있다는 건…."

일단 레비테이션 술법으로 전원이 하나의 섬에 모인 뒤.

아리아는 주위를 둘러보면서 멍한 어조로 중얼거렸다.

반짝이끼가 만들어내는 빛은 그리 밝은 건 아니다. 그리고 수면과 천장을 잇는 여러 개의 돌기둥이 시야의 일부를 차단하고 있어서 당연히 전망은 별로 좋지 않았다. 하지만….

그것을 감안해도 호수 끝이 보이지 않는다는 것….

혹시 이곳 지하 호수는 크림슨 마을 전체보다 큰 게 아닐까?

그렇게 생각하면, 자신이 살고 있던 마을 지하에 이런 곳이 있다는 사실을 안 아리아의 놀라움이 이해가 안 되는 바는 아니다.

그러나 지금 그것보다 더 큰 문제는….

"그렇다면 당연히 이 위가 마을 어디 부근인지 하는 건 전혀 알 수 없다는 말이구나."

"죄송해요. 그건 저로서도 도무지…."

"그러니까, 네가 사과할 일이 아니라니깐.

다들 별다른 부상을 입지 않은 걸로 미루어 보아 그렇게 많이 떠내려가지 않았다는 것만은 분명한데….

하지만 이렇게 된 이상, 도리가 없지….

그럼 또 지루하게 아무 데나 열심히 파나가서…."

오싹.

먼 뒤쪽에서 기척이 생겨난 건 그때였나.

"……?!"

무심코 돌아본 내 눈에 비친 건 여전히 조용한 수면.

"무슨 일 있나요?"

묻는 아리아에겐 대답하지 않고 나는 속으로 주문을 외우기 시작했다.

방금 느낀 그 기척. 결코 착각 같은 건 아니다.

그 증거로 동물 수준의 지능과 육감을 겸비한 가우리 역시 무언가를 느낀 듯 검을 뽑아 들고서 빤히 수면을 주시하고 있다.

그리고….

흐느적….

나타난 건 물속에서 흔들리는 그림자. 그것도 한둘이 아니다!

녀석들인가?!

순간.

촤악!

조용한 수면을 뚫고 튀어 올라온 건 아까 만났던 물고기 데몬들! 반짝이끼가 만들어낸 은은한 빛을 받아 비늘이 흐릿하게 빛난다.

데몬들이 공중에 뜬 그 순간을 노려서….

"프리즈 브리드[永結彈]!"

내가 쏜 냉기가 수면 일부를 얼려버렸다.

어떤 것들은 얼어붙은 수면 위에 떨어졌고 또 어떤 것들은 몸 절반이 얼음에 갇혔다.

"우오오오오오!"

그 데몬들을 향해 가우리가 질주했다! 빙판에는 개의치도 않고!

그러나 데몬들도 가만히 당하고 있지만은 않았다.

슈우우우우우우….

어둑한 지하 호수에 데몬들의 목소리가 메아리쳤다.

동시에 데몬들 앞에 나타나는 십여 발의 냉기의 화살!

아니! 냉기의 화살이 아니다!

슈웅!

바람을 가르는 소리를 내며 그것들은 우리 쪽으로 날아왔다!

가우리는 달리는 속도를 늦추지 않고 날아오는 것들 중 몇 개를 떨구어냈다.

촤악!

동시에 그것은 무수한 빛나는 물보라가 되어 허공에 흩날렸다.

"물?!"

뒤에서 디랄이 외치는 소리.

그랬다.

데몬들이 만들어낸 그것은 냉기가 아니라 물화살이었다.

그러나 물이라고 해도 무시할 순 없다.

슈욱!

물화살 하나가 내 망토를 가볍게 뚫고 지나갔다.

고압에 고속으로 발사되는 물화살은 엄청난 파괴력을 지니고 있다.

"아리아! 디랄! 주문으로 호수를 얼려서 활동 범위를 넓혀!"

"으… 응!"

"알았어요!"

뒤도 안 돌아보고 말한 뒤 주문을 외우는 나.

그 틈에 가우리는 데몬 두 마리를 해치우고 있었다. 계속해서 세 마리째로 달려가다가….

"……?!"

갑자기 그는 발길을 멈추고 크게 오른쪽으로 뛰었다.

거의 동시에….

촤악!

수면의 얼음을 뚫고 몇 줄기 물화살이 치솟아서 가우리가 있던 공간을 뚫고 지나갔다.

얼음 밑에 있던 다른 녀석들의 공격이다.

호수 밑에 있는 상대의 모습은 보이지 않지만 대체 앞으로 몇 마리나 더 있을지…. 그러나 지금은 일단 보이는 녀석들부터 철저히 해치울 수밖에 없다!

"다이나스트 브레스[覇王永河烈]!"

물속에서 흔들리는 그림자에게 주문 한 방! 일단 이걸로 한 마리!

가우리 쪽으로 눈길을 돌리자 그쪽도 얼음 위로 뛰쳐나온 녀석은 모두 해치운 뒤였다.

좋아! 다시 섬까지 일단 후퇴해서 데몬들을 물 위로 유인하자!

내가 가우리에게 외치려고 하던 그때.

"까악!"

"아리아!"

첨벙!

뒤쪽에서 터져 나온 두 사람의 비명! 계속해서 성대한 물소리 하나!

돌아본 그곳에는 안색이 변한 채 서 있는 디랄과 수면에 흩어진 얼음 파편.

아리아의 모습은 어디에도 없다.

―설마?!

"아리아가! 빠지고 말았어!"

디랄의 비통한 외침이 울려 퍼졌다.

"어떻게… 어떻게 방법이 없겠어?!"

물속에 적이 없다면 레이 윙으로 돌진해서 아리아를 찾아 구하는 방법도 쓸 수 있겠지만….

비록 그녀를 발견한다고 해도, 구하려면 바람의 결계를 풀 필요가 있다. 그리고 아리아를 붙잡아서 수면으로 부상하는 동안, 적이 그저 가만히 보고 있을 리가 만무하다.

아니, 그전에 물에 빠진 그녀를 적들이 가만히 둘 리도 없겠지만.

그렇다면… 아리아는 이미….

"그 애는?!"

"……"

돌아온 가우리에게 나와 디랄은 그저 침묵으로 대답할 수밖에 없었다.

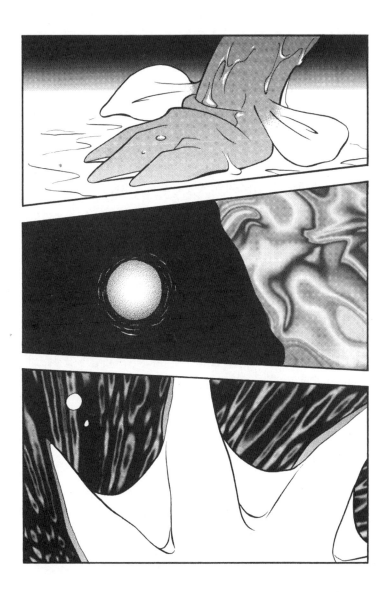

데몬들의 공격은 지금은 일시 중지된 상태였는데….

촤악!

물소리는 이쪽에서 보았을 때 오른쪽에서 났다.

일동은 반사적으로 그쪽을 돌아보았다. 그리고….

"……?!"

조금 떨어진 작은 섬 위.

그곳에 있는 건 지금까지 본 적 없는 녀석이었다.

굳이 예를 들자면… 청록색의 익사체.

물론 단순한 익사체나 좀비는 아니다. 몸은 마치 물에 분 것처럼 퉁퉁 부었고, 발끝에는 거대한 지느러미가 달려 있으며, 날카로운 손톱이 난 손가락 사이에는 물갈퀴 같은 막이 있다.

그리고… 인간이라면 응당 코와 입이 있어야 할 장소에 녹색 촉수가 무수히 꿈틀거리고 있다.

크림슨 마을에 들어왔을 때, 운하에서 우리들의 바람의 결계를 깨뜨린 녹색 촉수는 아마 이 녀석의 것이었으리라.

분명히 말해 기분 나쁘기 이를 데 없는 상대였다.

다짜고짜 공격주문의 소나기를 퍼부어주고 싶었지만 그러지 못하는 이유가 있었다.

다시 말해….

녀석의 팔에 안겨 있는 아리아의 존재.

"아직 살아 있다… 지금은…."

입에 음식을 문 채 말하는 것처럼 탁하고 축축한 목소리로 그것은 말했다.

"우…."

그 말을 증명하기라도 하듯 아리아는 작게 몸을 뒤척이다가 천천히 눈을 떴다.

"아…

대… 대체… 앗?!

꺄악!"

그제야 자신이 처한 상황을 깨달았는지 필사적으로 몸부림쳐 보았지만 그녀를 안고 있던 그것의 팔은 꿈쩍도 하지 않았다.

그 녀석은 주문을 못 외우게 하기 위해서인지, 비어 있는 다른 쪽 손으로 아리아의 입을 억눌렀다.

"하지만… 어떻게 알았지? 우리들이 이런 곳에 있다는 걸."

"나, 나로프를 얕보면 곤란하지…. 위쪽 수로에서 우리들의 습격을 받은 이상, 너희들이 운하를 이용해서 카이라스 님에게 갈 것으론 생각되지 않았다.

그렇다고… 마을을 걸어서 가지도 않겠지.

그럼… 남겨진 길은 이곳뿐일 터."

뭐…?

"흐음….

나로프라는 이름이었구나.

너. 크림슨의 수중 경비 책임자겠지만…

그렇게 잘난 척할 만큼 머리가 좋지는 않은 것 같은데?"

"뭐라고?"

읽지 못할 표정으로 묻는 나로프에게 나는 크게 가슴을 펴고 말했다.

"남겨진 길이라고 했으니 이곳을 통해 협회로 갈 수 있다는 말이지?

그런 걸 일부러 가르쳐주다니 보기와는 달리 친절도 하셔!"

"뭐라고…?

설마 너희들… 몰랐던 거냐…?"

"그래! 우리들은 그저 우연히 여기까지 떠내려 온 것뿐이라고!"

"우리들도 잘난 척 말할 입장은 아닌 것 같다는 생각이 드는데…."

뒤에서 주절거리는 가우리의 말은 무시.

하지만 내 말에도 나로프는 표정 하나 바꾸지 않았다(뭐, 표정을 바꾼다 해도 알 수 없을 것 같지만).

"그렇군….

하지만 여기서 너희들을 처리하면 끝나는 일이다…….

말해두지만 저항하지 마라….

저항하면 이 여자가 어떻게 될지는… 알지…?"

촤아!

나로프의 말을 신호로, 우리들이 있는 섬을 포위하는 형상으로 떠오르는 물고기 데몬들. 그 숫자는 대략 열넷 정도.

이 정도 숫자라면 해치우지 못할 것도 없지만… 문제는 아리아가 인질로 잡혀 있다는 것.

이럴 때에는… 세 치 혀로 공략할 수밖에!

"훗…, 웃기시네.

묻겠는데, 우리들이 저항 안 하면 네가 아리아를 무사히 풀어준다는 보장이 어디에 있어?"

"보장은 나, 나로프가 하도록 하지…. 너희들만 해치우면… 이 여자 하나쯤은 풀어준다 해도… 카이라스 님을 다치게 하는 건 불가능하니까…."

태연하게 말하는 나로프.

나는 언성을 조금 높였다.

"농담 마! 인질을 잡고 있는 당사자가 보장한다고 해서 고분고분하게 그 말을 믿을 녀석이 어디에 있어?

아리아를 놓아줘도 별다른 해가 없다고 말했지만 약속을 어기고 나중에 아리아를 죽이면 그땐 정말 전혀 해가 없잖아!

그리고 무엇보다도 촉수가 난 청록색 면상을 한 녀석에게…."

중간에 말을 끊고 성큼 반발짝 옆으로 피했다.

동시에.

"프리즈 애로!"

디랄이 쏜 냉기의 화살이 직선으로 날아가며 이곳과 나로프가 있는 섬을 잇는 가느다란 얼음 다리를 완성했다!

그 다리 위를 가우리가 질주했다!

"아닛?!"

나로프가 경악의 외침을 지른 그 순간.

푸욱!

크게 도약한 가우리의 검이 나로프의 머리를 갈라버렸다.

나로프와 이야기를 하고 있었을 때.

나는 뒤에서 가우리와 디랄이 무언가 소곤소곤 이야기를 하다가 디랄이 주문을 외우기 시작한 걸 눈치챘다.

그래서 나는 언성을 높여 나로프의 주의를 끌고, 디랄이 주문 영창을 끝내기를 기다렸다가 옆으로 피한 것이다.

비명 하나 지르지 못하고 크게 몸을 뒤로 젖히며 쓰러지는 나로프.

가우리가 그의 품에서 아리아를 떼어놓았다.

풍덩!

소리를 내며 나로프는 물속으로 가라앉았다.

우오오오오오오!

그 물소리를 신호로 우리들을 포위하고 있던 데몬들이 일제히 외쳤다.

사방에서 나와 디랄을 노리는 물화살!

명령하는 자를 잃자 무삭성 공격을 시작한 건가?!

하지만 이렇게 될 건 이미 예상했던 일!

나는 디랄의 곁으로 달려가서 땅바닥에 손을 댔다.

데몬들이 물화살을 쏜 그 순간.

"베피스 브링!"

외워둔 주문을 내 발치를 향해 쏘았다!

후욱!

갑자기 발밑의 땅이 사라지고 나와 디랄 두 사람은 짧은 거리를 낙하했다.

소라 껍질 모양의 터널을 파서 발밑에 분화구를 만들어낸 것이다.

그 분화구에서 몸을 숙인 두 사람의 머리 위를 무수한 물화살이 허무하게 스쳐 지나갔다.

좋아, 이렇게 된 이상 승리는 나의 것.

나는 속으로 주문을 외우고….

"블래스트 애시!"

쿠웅!

구멍에서 얼굴을 내밀면서 쏜 공격은 한 마리의 물고기 데몬을 분쇄했다.

싸움은 우리들에게 유리하게 진행되었다.

전원이 분화구에 자리 잡고 빼꼼빼꼼 얼굴을 내밀면서 주문을 날린다.

부주의하게 돌진한 데몬은 가우리의 검이 베어버렸다. 이것을 되풀이하는 것만으로도 적의 숫자는 착실히 줄어들었다.

게다가 섬 주위의 물은 우리들의 술법으로 얼어붙어 있다.

그리고 우리들이 있는 장소는 땅보다 조금 낮은 분화구 아래.

데몬들이 우리들에게 공격을 맞히려면 어느 정도 얼음 위를 기어와서 이곳으로 다가올 필요가 있다.

그것만 요격하면 되니 방심만 안 하면 우리들이 당할 걱정은 없다. 만약 나로프가 살아 있다면 조금은 작전을 생각할지도 모르겠지만 그가 죽은 지금, 데몬들은 그저 돌진할 뿐이다.

이윽고….

"조용해졌군요…."

그렇게 데몬을 몇 마리쯤 해치웠을 때 아리아가 작게 중얼거렸다.

"정말이네…."

대답한 나는 분화구 밖으로 슬쩍 머리를 내밀고 주위를 둘러보았다.

더 이상 데몬들의 그림자는 보이지 않는다.

"더 이상 없어…."

"겨우 다 해치운 건가…."

디랄은 작게 한숨을 쉬고 일어섰다.

"방심하면 안 돼. 모습은 안 보이더라도 아직 어딘가에 숨어 있을 가능성이 있으니까."

말하고 나서 나도 일어서서 다시 주위를 둘러보았다.

일단 주위에는 데몬의 모습도, 기척도 없다. 맞닥뜨린 적은 모두 제거했다 생각해도 좋을 것이다.

그렇다면….

나는 사람들 쪽을 돌아보았다.

"아까 그 청록색 녀석의 말을 믿는다면 이곳 어딘가에 협회로 통하는 길이 있을 거야.

그곳을 찾아내서 쳐들어가는 게 어때?"

"하지만 리나, 찾는다고 해도 어떻게…."

주위를 빙 둘러보고 별로 내키지 않는 듯한 표정으로 말하는 가우리.

물론 이곳 지하 호수는 넓다. 그 '길'이라는 게 어떠한 건지는 모르지만 찾아내기란 결코 쉽지 않으리라.

물론 평범한 방식이라면 그렇다는 이야기지만.

"그리고… 거기에도 당연히 적이 있을 거 아냐?"

"당연한 소리 좀 하지 마, 디랄.

그럼 묻겠는데, 넌 지상으로 올라가서 하늘에서 공격하는 데몬들과 싸우면서 협회로 가는 게 좋아?"

"아니…. 그런 거친 방법은… 내 방식이 아니라서…."

"그렇지?

그러니까 나한테 맡겨.

생각이 있으니까.

아리아, 디랄, 바람의 결계나 레비테이션은 쓸 수 있지?"

"네…. 뭐, 그 정도는…."

"그 정도야 기본이지."

"오케이. 그럼 내가 레비테이션을 걸어서 네 사람을 띄울 테니까 두 사람은 그 주위에 이중으로 바람의 결계를 쳐줘."

"어째서 그런 성가신 일을 하는 거지? 레비테이션만으로 충분하잖아."

"이유는 금방 알 수 있을 거야. 여하튼 간다."

나는 주문을 외우며 가우리와 아리아의 손을 잡았고 디랄은 아리아의 손을 잡았다. 그리고….

"레비테이션!"

증폭판 레비테이션으로 네 사람은 둥실 떠올랐다.

계속해서 아리아와 디랄이 주문을 외워서 주위에 이중으로 바람의 결계를 완성한다.

좋아, 이걸로 준비 완료.

나는 술법을 제어해서 둥실둥실 공중을 이동하기 시작했다.

빈말로라도 주위가 잘 보인다고는 할 수 없다. 반짝이끼도 동굴 전체에 빽빽하게 자라나 있는 게 아니어서 이끼가 없는 검은 맨바닥이 마치 구멍처럼 보이는 곳도 있다.

이 상태에서는 어디에 있는지도, 어떤 형태를 하고 있는지도 알 수 없는 입구를 찾아내기란 불가능할 것이다. 하지만….

"저기…, 네 동료 말마따나 이 상태에서 길을 찾는 건 무리 아닐까?"

디랄이 투덜거리기 시작한 건 움직이기 시작한 지 얼마 되지도 않았을 때였다.

"괜찮아, 걱정 안 해도.

그보다 투덜거리다가 바람의 결계를 소홀히 하면 안 돼."

"그건 알지만… 정말 괜찮겠어?

여기저기 한참 돌아다니다가 '역시 무리였다'로 끝나면 재미없어."

"알고 있다니깐."

휘청!

충격이 바람의 결계를 뒤흔든 건 바로 그때였다.

"리나! 뒤쪽이야!"

"오케이!"

가우리의 목소리에 술법을 제어해서 뒤쪽으로 돌며 하강했다.

조금 떨어진 곳에 역시 작은 섬이 하나 있고 한복판에는 천장과 이어진 기둥이 서 있다.

그 섬 아래 부근에서….

팟! 파밧!

몇 개의 물화살이 날아와서 우리들을 감싼 결계를 뒤흔들었다.

—저긴가?!

눈에 힘을 주어보니 수면 부근에 여러 개의 그림자가 일렁이고 있다.

그곳을 향해 돌진하는 나.

"이봐?! 야?! 너! 뭐하는 거야!"

"리나 씨! 무모해요!"

"비명만 지르지 말고 결계나 잘 유지해!"

목적지는 점차 다가오고 있다. 그에 따라 적의 모습도 점점 뚜렷해졌다.

물고기 데몬 두 마리와… 그리고… 저건?

그때.

날아오는 물화살에 섞여 붉은색 빛의 화살이 하나 만들어졌다.

──?!

불길한 예감이 등줄기를 타고 내려갔다.

황급히 진로를 바꾸려고 했을 때.

붉은색 빛이 발사되었다.

슝!

그것은 이중으로 펼쳐진 바람의 결계를 가볍게 꿰뚫었다.

위험하다!

파앗!

붉은색 빛이 나에게 명중하기 직전.

그것을 튕겨낸 건 가우리가 뻗은 검이었다.

"리나! 나를 먼저 내려줘!"

"내… 내려주라니?!"

"됐으니까!"

"아… 알았어!

디랄! 아리아! 내 신호에 맞춰서 바람의 결계를 풀어! 푼 뒤엔 플레어 애로나 프리즈 애로를 적에게 날리고! 알았지?!"

"하… 하지만…."

"괜찮겠어?! 이봐?!"

"됐으니까!

가우리! 준비는 됐어?!"

"응! 언제든지 괜찮아!"

나는 적 쪽으로 눈길을 돌렸다. 데몬들이 일제히 쏘고 있는 물 화살이 바람의 결계에 튕겨나갔고 다시 붉은색 빛이 만들어졌다.

"지금이야!"

결계가 사라졌다.

붉은색 빛이 발사되었다.

나는 가우리를 기둥 쪽으로 밀쳐냈다.

반동으로 멀어지는 가우리와 우리들.

멀어진 그 공간을 붉은색 빛이 꿰뚫었다.

가우리는 그대로 공중을 이동해서….

캉!

기둥에 검을 박았다!

돌기둥을 깎는 것으로 낙하 속도를 죽이면서 기둥 아래… 즉 적 들의 한복판으로 향했다.

물론 적도 그것을 가만히 보고 있을 만큼 호락호락하지는 않았 다. 가우리를 올려다보고 공격 태세를 취한다. 그러나….

"프리즈 애로!"

아리아와 디랄 두 사람의 주문이 완성된 건 바로 그때였다.

위에 있는 가우리에게 정신이 팔려 있던 데몬들의 한복판에 냉기의 화살이 쏟아졌다!

물론 이 술법은 데몬들에겐 효과가 없다. 그러나 가우리로부터 주의를 돌리기에는 충분.

"아리아! 레비테이션을! 디랄! 다시 한번 바람의 결계!"

"네?"

"응!"

디랄은 주저 없이, 아리아는 한순간 주저하다가 황급히 주문을 외우기 시작했다.

한편 데몬들은 약간 혼란에 빠졌지만 그래도 그중 한 마리가 내려오는 가우리를 올려다보며 울음소리를 냈다.

데몬 주위에 출현하는 물화살.

위험하다!

데몬은 가우리를 향해 그것을 쏘았다!

그러나!

끼긱!

갑자기 가우리가 낙하 코스를 크게 바꾸면서 그 물화살을 가볍게 피해낸다.

아! 검을 돌기둥에 막는 각도를 바꾸어서 낙하 코스를 바꾼 건가?

때때로 영리하다니깐! 가우리! 본능적으로 한 짓이겠지만!

어쨌거나 가우리는 겨우 적들의 한복판에 내려섰다.

그리고 이쪽도….

"윈디 실드[封氣結界呪]!"

"레비테이션!"

두 개의 주문이 완성되었다!

"무슨 일이 있어도 주문에 집중해! 알았지?"

그렇게 말하고 나는 레비테이션을 해제한 뒤 다음 주문을 외우기 시작했다.

지상에선 가우리와 적의 싸움이 시작되었다. 가우리의 실력이라면 데몬 두 마리 정도는 쉽게 해치워야 마땅하지만 아무래도 데몬이 아닌 한 마리에게 고전하고 있는 모양이다.

한시라도 빨리 도우러 가야….

"파이어 볼!"

나는 주문을 수정해서 외운 술법을 해방했다.

이 주문의 본래 스타일은 빛의 구슬을 두 손바닥 사이에 만들어서 던지면 그 구슬이 무언가와 접촉해 폭발해서 불꽃을 흩뿌리는 것이다.

하지만 이번에 내가 한 것은….

파이어 볼의 빛의 구슬은 우리들의 조금 뒤쪽… 바람의 결계 바깥에 나타났다.

좋아! 간다!

"브레이크!"

내가 손가락을 딱! 튕긴 그 순간.

콰아아아앙!

바람의 결계 바깥에서 붉은 화염이 폭발했다!

"꺄아아아아악!"

"우와아아악!"

아리아와 디랄의 비명이 바람의 결계 안에서 메아리쳤다.

폭압에 의해 바람의 결계는 엄청난 속도로 전장을 향해 돌진한다!

그리고.

촤아아아아아!

우리들의 결계는 작은 섬 앞에 있는 수면에 성대한 물보라를 일으키며 처박혔다!

역시나 우리 쪽으로 주의가 쏠리는 데몬.

디랄이 펼쳐져 있던 바람의 결계를 풀었다.

동시에….

"블래스트 애시!"

콰앙!

내 주문이 데몬 중(中) 하나를 무(無)로 되돌렸다.

떨어지는 결계 안에서 주문을 외워두었던 것이다.

"아리아! 레비테이션 해제!"

"아… 네!"

황급히 술법을 푸는 그녀.

첨벙! 물소리를 내며 우리들의 무릎 정도까지 물이 올라왔다.

다른 한 마리의 데몬이 덤벼올 것으로 생각했지만 오히려 뒤쪽으로 물러섰다.

나는 천천히 섬 쪽으로 걸음을 옮겼다.

함께 걸음을 옮기는 아리아와 디랄.

가우리는 물고기 데몬이 아닌 한 마리와 눈싸움을 벌이고 있었다.

말 그대로 이상하게 생긴 녀석이다.

희게 부풀어 오른 거대한 고깃덩어리.

한 마디로 표현하면 그런 느낌의 존재였다.

사람의 키를 훨씬 뛰어넘는 크기의 찌그러진 공.

투명하다기보다는 희멀건 흰색 고깃덩어리의 가슴 언저리 높이에는 단정한… 조각처럼 단정한 금발 청년의 머리 하나가 마치 부조물처럼 존재하고 있었다.

그러나 그것이 결코 장식이 아니라는 사실을 알리려는 듯 청년의 얼굴은 입을 열었다.

"처음 뵙겠습니다. 저는 아이레우스라 불러주시길."

그것은 틀림없는 인간 남자의 목소리였다.

"상황은 대충 파악하고 있습니다.

하지만…, 나로프는 생각 외로 허약했군요.

사실 그분도 꽤 강합니다만….

인질을 잡는 쪼잔한 방법을 쓰지 않고 정정당당하게 승부하는 게 좋았을 텐데요."

아이레우스는 마치 잡담이라도 하는 듯 담담한 어조로 말했다.

"하지만 그래선 너무나 불쌍하지요.

나로프에게도 잠깐 활약의 장을 마련해줄까 생각하고 있습니다."

"무슨 의미지? 그게?"

"이런 겁니다."

디랄의 말을 듣자 아이레우스는 만면에 미소를 짓더니….

꾸물꾸물.

청년의 얼굴 바로 옆 고깃덩어리가 부풀어 올랐다.

"욱…!"

아리아가 혐오스럽다는 듯 신음 소리를 냈다.

아이레우스의 얼굴 옆에는….

두 쪽으로 갈라진 나로프의 머리가 튀어나와 있었다.

3. 진홍빛 물의 도시에 사투가 펼쳐지고

구오오오오오오오!

좌우로 갈라져 있는 나로프의 머리가 소리를 질렀다.

입가에 난 촉수가 꿈틀꿈틀 움직인다.

이 녀석…, 나로프의 시체를 흡수한 건가?!

나로프가 생전에 어떤 능력을 가지고 있었는지는 모르지만 적어도 그 징그러움이 한 단계 강해진 것만은 분명하다.

그러나 이 녀석의 실력 과시를 가만히 지켜볼 수는 없는 일.

나는 속으로 주문을 외우고….

"에르메키아 란스[烈閃槍]!"

나와 아이레우스가 움직이기도 전.

별안간 뒤에서 주문을 쏜 건 디랄이었다.

에르메키아 란스는 상대의 정신에 직접 대미지를 주는 술법으로 레서 데몬 정도라면 일격에 해치운다.

땅에 솟은 고깃덩어리 같은 아이레우스가 이것을 피해낼 방법은 없다! 디랄이 쏜 빛의 창은 정통으로 아이레우스에게 명중했다!

그러나….

청년의 얼굴은 표정 하나 바뀌지 않았고, 옆에 있는 나로프의 머리도 여전히 소리를 지르며 촉수를 꿈틀대고 있다.

그리고.

투둑.

에르메키아 란스에 명중당한 고깃덩어리 중 일부가 딱지가 떨어지듯 떨어져나갔다.

그리고.

구오오오오오오오!

한층 소리를 높여 나로프의 머리가 울부짖었다.

구웅!

공간이 삐걱거리는 소리를 내며 여러 개의 빛이 허공에 만들어졌다!

이익?!

"피해!"

나는 주문을 중단하고 사람들에게 소리를 지르며 황급히 그 자리를 떠났다.

동시에 상대가 쏜 빛이 사방으로 흩어진다!

날아오는 여러 발의 빛의 구슬로부터 간신히 몸을 피하는 나.

파지직!

한순간 귀가 아플 정도로 격렬한 소리가 울려 퍼졌다.

끓어오르는 열기와 부연 김.

"다들 무사해?"

"문제없어!"

"간신히요….."

"아직 살아 있는 것 같군."

부옇게 낀 김 저편에서 세 사람의 목소리가 되돌아왔다.

아무래도 다들 무사한 듯한데….

그렇다고 해도 갑자기 그런 엄청난 술법을 날리다니.

방금 아이레우스가 쏜 것은… 아마도 블래스트 밤[暴爆呪].

알기 쉽게 말하면, 화력을 몇 배로 향상시킨 파이어 볼을 동시에 여러 개 날리는 무시무시한 술법이다.

빗나간 빛의 구슬이 수면에서 폭발해서 그 열로 김이 발생한 것이다.

그러나 이래선 상대의 모습도, 다른 사람의 모습도 보이지 않는다. 적도 조건은 마찬가지… 라고 하고 싶지만 이미 인간이길 포기한 녀석에게 그런 말이 통할지 어떨지.

게다가 나에겐 불리한 요소가 또 한 가지 있다.

이곳으로 떠내려 왔을 때, 라이팅을 걸어 횃불 대신으로 쓰던 쇼트 소드를 어딘가에서 잃어버렸다는 것.

적에 대한 결정타는 되지 못해도 공격을 막아내거나 견제용으로 쓰기엔 편리했는데….

어쨌거나 잃어버린 물건을 여기서 후회하고 있어봤자 소용없는 일. 나는 일단 주문을 외우기 시작했다. 그때….

──!

갑자기 아무런 이유도 없이.

나는 불길한 예감을 느끼고 거의 반사적으로 왼쪽으로 움직였다.

그리고 동시에.

카각!

안개 속에서 날아온 무언가가 내 숄더 가드 오른쪽 끝을 스쳐 지나갔다.

"큭!"

"우옷?!"

거의 동시에 어딘가에서 터져 나오는 가우리와 디랄 두 사람의 목소리.

역시 이 안개를 눈가림 대신으로 쓸 생각이야!

하지만… 그렇게 놔둘 순 없지!

"딤 윈[魔風]!"

고오!

내가 외운 강풍의 술법이 부연 안개를 날려버렸다!

시야가 갠 그곳에는….

변모한 아이레우스의 모습이 있었다.

땅에 뿌리를 내린 고깃덩어리와 거기에 달라붙어 있는 청년과 나로프의 얼굴은 변하지 않았지만.

그 전신에는 수십 개의 팔이 자라나 있었다.

팔이라고 해도 물론 인간의 팔은 아니다. 꼭 마른 나뭇가지처럼 여러 개의 마디가 있는 이상하게 긴 팔이다.

그렇군, 아까 안개 속에서 뻗어온 건 이거였나?

시야가 걷힘과 거의 동시에.

"파이어 볼!"

콰앙!

디랄이 쏜 주문이 아이레우스의 몸 일부를 불태웠다.

동시에 돌진하는 가우리.

그 가우리를 향해 아이레우스의 팔이 뻗었다.

"큭!"

그 팔을 가우리의 검이 베어낸다!

아이레우스의 팔이 잘려 날아갈 것으로 예상했으나.

키잉!

팔은 단단한 소리를 내며 앞으로 튕겨나갈 뿐이었다.

아무래도 보기와는 달리 상당한 강도를 갖추고 있는 모양이다.

게다가….

방금 디랄이 파이어 볼로 태워버린 몸의 일부도 대미지를 입은 부분이 투둑투둑 벗겨져 떨어지더니 그 밑에서 새 살(?)이 부풀어 오르고 있다.

아까 에르메키아 란스를 맞았을 때와 완전히 똑같은 상황이다.

혹시 이 녀석은, 몸 대부분이 이른바 도마뱀의 꼬리처럼 잘라내고 재생할 수 있는 부분으로 이루어진 게 아닐까?

만약 그렇다면 어딘가에 분명 재생 불가능한 부분도 있을 것이다.

그리고 아마 그곳이 바로 이 녀석의 약점일 텐데….

구오오오오오오오.

다시 나로프의 머리가 울부짖었다.

인간의 귀로는 단순한 외침 소리로밖에 들리지 않는 이것이 아마 주문 영창이리라.

그리고 무수한 촉수의 움직임이 주문의 인(印)을 맺고 있는 게 아닐지.

여하튼 상대가 엄청난 술법을 가지고 있음을 알고 있는 이상 주문을 외우게 놔둘 순 없다!

"헬 블래스트[冥魔槍]!"

아리아의 술법과….

"제라스 브리드[獸王牙操彈]!"

나의 술법이 동시에 나갔다!

아리아가 쏜 일격은 아이레우스의 팔을 부수고 청년의 얼굴로.

한편 내 쪽은 팔을 피해 날아가서 나로프의 머리를 분쇄했다!

좋아! 일단 이걸로 주문 영창은 중단시켰다!

그러나 아이레우스의 움식임에는 소금의 변화도 보이지 않는다. 대여섯 개의 팔로 가우리의 발을 묶어놓으며 나, 아리아, 디랄에게 산발적으로 공격을 가한다.

다행히 팔의 제어가 완벽하지는 않은지 조준이 허술하고 움직임이 단조로운 탓에 싸움에 익숙지 않은 아리아도 어찌어찌 피해내고 있는 모양이지만….

그래도 상대를 해치우지 못하면 이야기가 되지 않는다.

아리아가 으스러뜨린 청년의 얼굴 부분도 역시 껍질이 벗겨져 떨어지더니 그 밑에서 살이 부풀어 올라 곧 다시 재생되었다.

"소용없습니다."

"말도 안 돼!"

얼굴이 재생되어 중얼거리자 놀라 외치는 아리아.

으음, 싸움에 익숙지 않다는 게 훤히 드러나는군….

확실히 이 청년의 얼굴은 '이곳이 약점이다아아아!' 하고 말하고 있는 것 같은 부분이지만 이런 재생 타입의 녀석이 그렇게 알기 쉬운 약점을 드러내놓고 다닐 리는 없다. 아마 이 얼굴은 상대의 주의를 끌기 위한 유사체 같은 것이리라. 그리고 그 옆에서 내가 박살 낸 나로프의 머리도 재생되고 있었다.

이쪽은 본래 자신의 몸이 아닌 탓인지 재생 속도가 다소 늦지만 이대로 놔두면 곧 부활해서 다시 주문을 외우기 시작할 것이다.

그러기 전에 어떻게든 해치우고 싶은 상황인데….

아마 녀석의 진짜 약점은 몸속 어딘가에 있을 것이다.

보통 술법으로 공격한다면 피해를 입은 부분을 떼어내는 것으로 끝….

아, 잠깐…. 이거라면….

나는 팔의 공격을 피하면서 속으로 주문을 외우고….

"브람 블레이저!"

증폭시킨 푸른색 빛을 해방했다!

콰앙!

레서 데몬도 한 방에 보내는 푸른색 빛이 아이레우스의 몸을 관통했다!

오… 오오오오오오오오오….

어두운 지하 호수에 단말마의 절규가 울려 퍼졌다.

마른 나뭇가지를 닮은 여러 개의 팔이 투둑투둑 마른 소리를 내며 섬 위에 힘없이 늘어진다.

관통 타입의 술법이라면 어딘가에 있을 약점도 꿰뚫을 수 있지 않을까 해서 쏜 것인데 아무래도 효과가 있었던 모양이다. 아이레우스의 몸은 마치 마른 흙덩어리처럼 푸석푸석 무너져 내렸다.

"어떻게든… 해치운 모양이구나."

"그런 것 같아."

작게 한숨을 내쉬고 가우리에게 고개를 끄덕여 보이는 나.

"여하튼,

아마 이 섬 어딘가에 위쪽으로 가는 길이 있을 거야."

"이봐, 삼산."

천연덕스러운 나의 말에 디랄이 도끼눈을 하고 옆에서 끼어들었다.

"아까 길을 찾는 좋은 방법이 있다고 한 게… 설마 이거였어?!"

"그래…. 왜?"

역시 천연덕스럽게 대답하는 나.

다시 말하면 이렇다.

중요한 길목에는 그것을 지키는 적이 있기 마련. 그렇다면 우리 쪽에서 고의로 모습을 드러내면 적은 아마 공격할 것이다.

즉.

모습을 드러내었을 때 적이 공격을 한 곳, 그곳이 바로 통로가 있는 장소인 셈이다.

"너 제정신이야아아아?! 그런 무모한 작전을 세우다니!"

"자아, 자, 일단 다들 살아 있으니 된 거 아냐♡"

"너… 너 말야…."

주먹을 부들부들 떨면서 디랄이 무언가 다시 반론하려 할 때.

"리나 씨!"

아리아가 섬 중앙의 돌기둥 뒤쪽에서 소리를 질렀다.

"이거 아닐까요?"

확인하러 가자 아리아는 기둥 밑둥 부분에 뻥 뚫린 구멍을 가리켰다.

그렇긴 해도….

"너무 작아, 이건…."

난처하다는 얼굴로 중얼거리는 가우리.

그 말대로였다.

구멍은 꽤 깊어 보였지만 폭은 내가 숄더 가드를 제거해야 간신히 기어갈 수 있을까 말까 한 정도였다. 만약 이것이 어딘가로 통하는 통로라고 해도 가우리나 디랄은 분명 들어가지 못할 것이다.

"뭔가… 다른 것 같지 않아? 그 나로프인가 하는 녀석이 길이라고 했으니 최소한 그 녀석이 지나갈 수 있을 정도는 될 거라고 생각하는데…."

꽤나 날카로운 의견을 제시하는 디랄.

실제로 이런 좁은 통로를 나로프와 물고기 데몬들이 통과할 리는 없다.

아…, 잠깐….

그렇다면 혹시…?

나는 속으로 주문을 외우고….

"라이팅!"

만들어낸 마법의 빛을 물속으로 밀어 넣었다.

팟….

밝게 비추어진 물속….

내 예상대로 지금 있는 섬 아래쪽에는 큰 수중 동굴이 입을 떡 벌리고 있었다.

똑… 찰링….

떨어지는 물소리가 끊임없이 울려 퍼지는 가운데

탁하고 습한 공기가 주위를 가득 채우고 있다.

레이 윙으로 수중 동굴로 들어가서 얼마 정도 나아가자 통로에

선 물이 사라졌다.

그곳에서 우리들은 술법을 풀고 이렇게 걸어가고 있는 것이다.

이곳이 그 통로라면 역시 적이 잠복해 있을 거라 생각하는 편이 좋을 것이다. 아이레우스와 싸우고 있는 틈에 사라진 물고기 데몬 한 마리도 이곳으로 도망쳤거나 혹은 보고하기 위해 돌아갔다고 생각하는 편이 자연스럽다.

단순히 이동 속도만을 생각한다면 걷는 것보다 공중을 날아가는 편이 훨씬 좋지만 적의 습격이 있을 때를 생각해보면 역시 걸어가는 게 나으리라.

참고로 이곳도 벽과 천장에 반짝이끼가 많이 있어서 따로 횃불을 준비할 필요는 없었다.

그렇다고는 해도….

"하지만… 엄청 길구나, 여기…."

진절머리가 난다는 듯한 어조로 가우리가 그렇게 말한 건 걷기 시작한 지 꽤 지난 뒤의 일이었다.

바닥이 젖어 있는 탓에 그리 속도를 높일 수 없다는 점도 있겠지만 주위 경치가 바뀌지 않는 탓에 실제보다 길게 느껴지는 것도 물론 이유일 것이다.

하지만 그것들을 감안하더라도 통로는 매우 길었다.

혹시 지하 호수 밑을 가로지르고 있는 건 아닐지.

"그나저나… 이렇게나 많이 걸었는데 이게 통로가 아니고 단순한 동굴이라면 힘이 주욱 빠져버릴 거야."

지친 어조로 말하는 디랄.

뭐, 지치는 것도 무리는 아니다.

우리들이 크림슨 마을에 들어온 건 정확히 해가 저물 무렵이었다. 밖이 보이지 않는 탓에 지금이 몇 시쯤인지 정확히 알 수는 없지만 아마 한밤중이 아닐지.

다시 말해 우리들은 지하 호수에서 잠시 정신을 잃은 시간을 제외하면 계속 움직이고 있는 것이다. 그런데도 지치지 않는다면 분명히 말해 인간이라 할 수 없다.

아리아 역시 꽤 지쳤는지 이 동굴에 들어온 이후로는 한 마디도 하지 않았다.

그렇다고 이런 상황에서 쉴 수 있는 것도 아니다.

이렇게 된 이상, 얼른 적의 본거지로 쳐들어가서 냉큼 해치울 수밖에 없다.

아예 마법사 협회에 도착하면 드래곤 슬레이브 같은 걸로 건물째 갈아버리는 건 어떨까?

이크…, 협회에 아리아의 언니가 있을지도 모르는 건가?

뭐, 앞일은 둘째치고….

"이곳이 그 통로라는 사실만은 틀림없는 것 같아."

"어떻게 그렇게 단정할 수 있지?"

"그야… 길이 이렇게 잘 닦여 있으니까."

"길이라니? 지금 우리들이 걷고 있는 이 길 말야?"

디랄을 대신해서 이번엔 가우리가 물었다.

"그래. 봐. 위를 보면 종유석이 매달려 있는 게 보이지?

그렇다면 당연히 아래쪽도 역고드름처럼 되어 있어야 마땅한데 바닥은 비교적 평탄해.

다시 말해 누군가가 다니기 쉽도록 정비했다는 말이야.

아… 참고로 말하자면 아무래도 목적지에 거의 다 온 것 같아."

말하고 나서 나는 통로 끝을 눈으로 가리켰다.

통로 양쪽으로 크기가 제각각인 항아리가 놓여 있다.

"아마 이곳을 창고로 쓰고 있는 모양이야. 그리고 창고로 되어 있다는 말은 주위에 사용하는 녀석이 있다는 뜻이지.

그러고 보니 아리아, 너도 이 협회에 있었을 텐데 지하 통로 같은 게 있다는 말을 들은 적은 없었어?"

"글쎄요… 지하가 창고로 되어 있다는 건 알고 있었지만… 그쪽을 전담하는 관리자가 있어서… 실제로 들어간 적은 없었어요."

역시 꽤 지친 듯 띄엄띄엄 대답하는 그녀.

음…?

지하실과 이곳이 이어져 있다면 소문 정도는 있어도 좋을 것 같다는 생각이 드는데….

아니면 이 지하도에 비밀로 해둬야 하는 무언가가 있는 건가?

여하튼 그것은 가보면 알 수 있는 일.

그렇게 생각하며 나아가는 와중에도 주위에서 항아리와 뭔지 모를 도구들의 숫자는 점점 늘어나고 있었다.

그리고.

"맞게 온 것 같은데?"

그렇게 말하고 내가 멈춰 선 곳은 하나의 문 앞이었다.

양옆으로 길게 뻗은 동굴 벽과 그에 매우 안 어울리는 금속제 문이 달려 있다.

지하 확장 공사 같은 걸 하다가 우연히 이 동굴과 이어져서 그 사이에 문을 달았다고나 할까?

아마도 그런 게 아닐지.

마치 급조했다는 걸 주장하기라도 하듯 문 주위는 돌과 기타 잡동사니로 메워져 있었다.

문 안쪽에 적이 있는 기척은 없지만… 기척을 지울 수 있는 상대가 숨어 있을 가능성도 있다.

"드디어 시작이구나.

그럼 연다…."

꿀꺽. 누군가가 침을 삼키는 소리가 들렸다.

기습에 대비해서 말없이 검을 뽑아 드는 가우리.

디랄은 속으로 무언가 중얼중얼 주문을 외우고 있다.

나는 손잡이를 잡은 손에 힘을 주었다. 그리고….

"……. 아, 역시 열쇠가 걸려 있어."

"이봐!"

주문을 중단하면서까지 항의를 하는 디랄.

하지만 뭐… 보통은 열쇠를 채워놓겠지, 이런 곳은.

"음… 잠깐만 기다려.

아무래도 빗장식 자물쇠 같아.

그렇다면…."

나는 자물쇠를 이리저리 조사한 다음 숄더 가드 밑에 숨겨두었던 얇은 나이프를 꺼내어 문틈에 꽂았다.

그대로 똑바로 위로 쳐 올리자….

킹.

작은 금속음과 손에 오는 감촉.

아무래도 빗장이 풀린 모양이다.

좋아.

"이번에야말로… 간다."

말하고 나서 나는 문을 밀었다.

끼이이이이이익….

금속이 삐걱거리는 육중한 소리.

문은 천천히 안쪽으로 열렸다.

일단 적의 기습은 없는 것 같다.

허나….

"왠지… 굉장히 좁지 않아? 협회의 지하실치곤…."

주위를 둘러보고 중얼거리는 디랄.

"그리고 묘하게 생활감이 있는 물건들도 놓여 있는데…."

가우리의 지적에 눈길을 돌려보니, 어둑한 방 한구석에는 아무리 봐도 조리 기구와 청소 도구로밖에 보이지 않는 물건들이 놓여 있었다.

넓이는 보통 가정집 방보다 조금 넓은 정도. 천장에는 불이 꺼진 램프가 하나 매달려 있고, 주위에 놓여 있는 것도 반 이상은 명백한 생활용품이다.

이건… 대체…?

일단 나는 주문을 외우고….

"라이팅!"

마력의 빛을 만들어서 천장에 쏘아 올렸다.

이렇게 밝게 해놓고 보면 확실히 알 수 있겠지.

……. 역시 평범한 가정집 지하실 같은데….

게다가 방 안쪽에는 계단도 보이고….

"왠지… 다른 곳에 온 것 같다는 느낌이 드는데…."

"아, 아하하…. 일단 계단을 올라가보자."

나는 가우리의 지적을 웃음으로 얼버무리고 성큼성큼 안쪽 계단으로 향했다.

그 뒤를 묵묵히 따르는 세 사람.

폭도 좁고 가파른 계단을 올라가자 그 끝에는 하나의 문.

간단한 열쇠가 채워져 있었지만 나는 품에서 꺼낸 바늘 하나를 열쇠 구멍에 찔러 넣어 손쉽게 열었다.

주위에 인기척이 없는 걸 확인하고….

끼익….

문 바깥쪽은 똑바로 뻗은 복도였다.

나의 뒤를 가우리, 아리아, 디랄의 순서로 따랐다.

"여기는… 협회가 아니에요."

반쯤 멍한 표정으로 아리아는 중얼거리듯 말했다.

아, 역시….

꽤 크고 매우 으리으리하게 만든 석조 건물이긴 했지만 구조로 보건대 어딜 어떻게 뜯어봐도 평범한 저택이다.

"칫… 뭐야. 그럼 잘못 온 거야?"

"아래쪽 동굴의 좀 더 안쪽으로 가볼까?"

"음…, 아마 그래야겠지."

제각각 그렇게 말하고 발길을 돌려 지하로 통하는 계단으로 가려는 순간.

"이곳은… 카이라스의 저택이에요."

우뚝.

세 사람의 발을 멈춰 세운 건 아직 멍해 있는 아리아의 중얼거림이었다.

"저… 정말이야?!"

"틀림없을 거예요.

이곳에 온 건 딱 한 번… 카이라스가 반란을 일으키기 전 언니의 부름을 받았을 때뿐이지민

틀림없어요. 눈에 익거든요."

묻는 나에게 단호하게 고개를 끄덕이고 그녀는 별안간 성큼성큼 걷기 시작했다.

"자… 잠깐! 아리아! 어디로 가는 거야?!"

"언니 방이요."

걷는 속도는 바꾸지 않은 채… 아니, 오히려 조금씩 걷는 속도를 높이면서 돌아보지도 않고 대답하는 아리아. 어쩔 수 없이 그녀의 뒤를 따르는 우리들.

으음… '길'이라고 해서 우리는 '마법사 협회로 가는 길'로 착각하고 있었는데 실제론 카이라스의 저택으로 통하는 길이었던 것이다.

물론 나로프는 우리들의 착각을 눈치챘겠지만… 뭐, 녀석의 입장에선 그것을 굳이 가르쳐줄 이유도 없으니….

어디에 적이 숨어 있을지 알 수 없는 저택 안을 아리아는 겁도 없이 성큼성큼 나아가서….

이윽고 우뚝 발길을 멈춘 곳은 하나의 문 앞이었다.

크게 숨을 들이마시고 손잡이에 손을 가져가더니….

우리들이 제지할 틈도 없이.

콰당! 하는 큰 소리를 내며 그녀는 문을 활짝 열었다!

그리고….

"언니…."

중얼거린 그녀의 목소리는 희미하게 떨리고 있었다.

테라스의 창에선 달빛이 새어들고 있었다.

달빛 외엔 아무런 빛도 없는 넓은 방에는 뚜껑 달린 침대와 미니 테이블. 침대 옆에 놓인 흔들의자 하나.

그리고 그 흔들의자 옆에는….

아리아를 꼭 빼닮은 여자 하나가 우뚝 서 있었다.

달빛에 긴 은발이 반짝인다.

"아리… 아…?"

"언니!"

아리아는 외치며 달려가서 언니의…, 벨 씨의 가슴에 얼굴을 묻었다.

"아리아… 어째서 이런 곳에…?"

"언니를… 언니를 구하러 왔어.

카이라스의 반란 소식을 듣고 국왕의 군대가 이 마을로 향하고 있어.

만약 이 마을이 전쟁터가 되어버린다면….

그래서…

그래서 구하러 왔어!"

언니와 만나게 되어 긴장이 풀린 건지 아리아의 목소리는 눈물로 떨리고 있었다.

벨 씨는 그런 아리아의 머리를 자상하게 쓰다듬으면서 시선을 살짝 우리들에게 돌렸다.

"거기 있는 분들은?"

"호위 비슷한 거라고 생각해요.

하지만 지금은 자기소개보다 이 자리를 뜨는 게 우선이에요.

언제 놈들이 들이닥칠지 모르니."

내 말에 아리아는 아차 싶었는지 고개를 들었다.

"그래, 언니. 우리들이랑 함께 가자."

"그럴 순 없다네."

별안간.

복도 안쪽에서 귀에 익은 목소리가 울려 퍼졌다.

"조나게인?!"

외치면서 돌아본 내 시선이 향한 곳에는 여전히 망토와 후드 차림의 왜소한 그림자.

그리고 그 옆에는 검은 머리에 마흔 살쯤 되어 보이는 한 남자가 서 있었다.

은사로 수놓은 멋들어진 망토와 몸에 찬 여러 개의 보석 부적이 빈상인 악당의 얼굴과는 어울리지 않는다.

이 상황에서 나온 걸로 보아 혹시….

"설마… 네가 카이라스인가 하는 그…?"

"그렇다.

여기까지 온 건 칭찬해주겠지만… 이걸로 끝이다. 이곳이 너희들의 무덤이라 생각해라."

품.

작게 웃음을 터뜨리는 나에게 카이라스는 불쾌한 듯 미간을 찌푸리고 말했다.

"뭐가 그렇게 우스운 거냐?"

"네 말투야, 네 말투."

나는 복도 한복판에 버티고 서서 오른손으로 척! 카이라스 일당을 가리켰다.

"전형적인 악당 얼굴로 전형적인 3류 악당의 대사를 토해내다니.

어린아이라도 웃지 않고 배기겠어?"

카이라스의 눈썹은 더욱 올라갔지만 여기서 또 감정에 치우쳐 말했다가는 다시 내게 반격을 당할 거라고 생각했는지 필사적으로 분노를 억눌렀다.

"계집애가 꽤 건방지구나.

하지만 진부하든 어떻든 여기서 너희들이 죽는다는 사실에는 변함이 없다!"

"글쎄. 과연 그럴까?"

그렇게 말하고 나는 벽 쪽으로 붙었다.

동시에.

"파이어 볼!"

뒤에서 주문을 외우고 있던 디랄이 붉은 불구슬을 쏘았다!

콰아앙!

폭음과 불꽃이 복도를 훑고 지나갔다.

불꽃이 밀려들었지만 우리들은 열려 있는 방문을 엄폐물 삼아 피했다.

지하에서 나로프와 싸웠을 때와 같은 속임수이다. 그리고 직선으로 뻗은 복도라는 조건하에서는 피하기가 불가능할 터.

허나.

휘익!

파악!

아직 걷히지 않은 폭연을 가르고 날아온 빛의 화살이 엄폐물로 삼고 있던 문을 명중시켜 분쇄했다!

나는 문 뒤에서 황급히 뛰쳐나가 주문을 외우기 시작했다.

연기가 걷히자 복도 저 멀리에 서 있는 조나게인과 카이라스의 모습.

그 한순간에 저 정도 거리를?!

생각한 그 순간.

촤악.

이상한 소리가 들리더니 동시에 조나게인의 모습은 어느새 내 눈앞에 있었다.

이상할 정도의 속도로 복도를 한순간에 달려온 것이다.

나는 즉시 여느 때의 습관대로 있지도 않은 허리춤의 검으로 손을 뻗었고….

캉!

날카로운 소리는 머리 바로 위쪽에서 울려 퍼졌다.

서둘러 달려온 가우리가 나에게 내리쳐진 검은 무언가를 막아 낸 것이다.

검은… 무언가….

그것은 거미 다리와 같은 것이었다.

등이 굽은 노마법사의 등에선 대여섯 개의 거대한 거미 다리 같은 게 돋아 나와 있었다.

"호오. 과연 그라이모어를 해치울 만한 실력이야."

말하면서 조나게인은 거미 다리를 움직여서 뒤쪽으로 물러나 간격을 벌렸다.

인간이기를 포기했다고는 해도 역시 가우리와 근접전을 벌일 생각은 없는 건가?

그렇다면….

나는 외운 주문을….

"브람 블레이저!"

뒤쪽으로 돌면서 뒤쪽에 생겨난 살기를 향해 쏘았다!

푸른색 빛은 어느 틈엔가 반대쪽 복도에서 나타난 녹색 옷을 입은 여자에게 명중….

아니, 명중했다고 생각한 바로 그 순간.

파앗!

여자가 뿜어낸 푸른색 빛이 복도를 가득 채웠다!

구웅!

"큭?!"

동시에 내팽개쳐지는 듯한 충격이 전신에 엄습했다.

이건… 위력은 떨어지지만 틀림없는 브람 블레이저! 설마 내가 쏜 걸 확산해서 반사시킨 건가?!

빛이 사라진 그곳에는 그 녹색 옷의 여자가….

아니….

다시 상대를 자세히 보고 나서야 나는 비로소 자신의 착각을 깨달았다.

녹색 옷을 입고 있는 게 아니다.

얼굴, 몸, 머리카락, 손과 발.

전신이 마치 에메랄드 같은 투명한 녹색의 무언가로 만들어져 있다.

이런 녀석까지 튀어나왔으니… 이래선 조금 불리하다.

이대로 단숨에 카이라스를 해치워서 사건을 마무리 짓고 싶었지만… 역시 일이 그렇게 쉬운 건 아닌 모양이다.

"다들 방 안으로 들어가!"

내 말에 아리아와 벨이 있는 방 안으로 달려 들어가는 일동.

"아리아! 벨! 도망쳐야 해!"

말하고 나서 나는 주문을 외웠다.

이렇게 된 이상 벨을 데리고 밖으로 나간 다음 큰 기술 한 방으로 저택째 적을 몽땅 날려버리자!

"놓치지 마라! 뒤쫓아라! 조나게인! 뮤칼레!"

우뚝.

복도에서 울려 퍼진 카이라스의 목소리에 별안간 아리아가 발길을 멈추었다.

"아… 방금…?"

"뭐하고 있어, 아리아! 어서 가자고!"

말하고 나서 디랄은 테라스의 창을 걷어차 열었다.

"아…."

황급히 다시 달리기 시작하는 아리아.

가우리는 문 앞에 나타난 조나게인과 대치하고 있다가….

"잠깐! 가지 마!"

외쳤을 때에는 이미 아리아, 벨, 디랄은 테라스에 있었다.

"——?"

세 사람이 멈춰 선 그 순간.

푸욱!

위에서 뻗어온 낫 같은 것이 디랄의 오른쪽 가슴을 꿰뚫었다.

천천히.

디랄은 테라스에 쓰러졌다.

"디랄 씨?!"

아리아의 비통한 비명이 울려 퍼졌다.

동시에 나와 가우리도 테라스를 향해 달려갔다.

휘익.

테라스로 나선 순간 밤바람을 가르고 날아온 무언가를 가우리의 검이 베어낸다.

나는 한 손으로 쓰러진 디랄을 안고 다른 한 손으로는 아리아의 손을 잡았다.

가우리가 내 어깨에 매달리는 걸 확인하고 나는 외워두었던 주문을 해방했다!

"레이 윙!"

증폭판 레이 윙으로 일단 이곳에서 도망치자!

그러나 술법이 발동하려던 바로 그때!

"까악!"

벨 씨의 비명이 들려왔다.

돌아보니 벨 씨의 오른발을 마른 나뭇가지 같은 게 붙잡고 있다.

저건….

"언니!"

벨 씨의 손을 잡고 있던 아리아의 손이… 떨어졌다!

"도망쳐!"

완성된 바람의 결계에서 끌려 나가면서 벨 씨가 외친 말은 그것이었다.

그리고 네 사람은 허공으로 날아갔다. 벨 씨를 남겨둔 채로.

"언…!"

목구멍까지 올라온 비명을 아리아는 필사적으로 억눌렀다.

돌아가서 언니를 구하자.

실은 그렇게 말하고 싶었을 것이다.

그러나 디랄을 내버려둘 순 없다.

그런 마음이 있었으리라.

허나….

품속에서 디랄의 몸은 조금씩 체온을 잃어갔다.

나는 알고 있다.

사람의 죽음이란… 이런 것이라는 사실을….

폐가 안은… 어둠과 퀴퀴한 공기, 그리고 침묵만이 지배했다.

아무도 입을 열려고 하지 않았다.

나도, 가우리도, 아리아도.

그 뒤.

계속해서 추격하는 공중 부대를 간신히 따돌리고 이 폐가에 몸을 숨긴 건 그로부터 꽤 지난 뒤의 일이었다.

하지만 그때에는 이미 디랄의 목숨이 다한 뒤였다.

폐가 지하실에 술법으로 구멍을 파고 간단한 장례식을 치른 뒤….

우리들은 그저 이렇게 어둠 속에 가만히 있기만 했다.

"전…."

작게 아리아가 중얼거린 건 그로부터 얼마나 시간이 지난 뒤였을까.

"어떻게… 해야… 좋죠…?"

그 목소리에는 아무런 감정도 담겨 있지 않았다.

그저 입에서 띄엄띄엄 말이 흘러나올 뿐.

"언니도… 구하지 못하고…, 디랄 씨도… 죽게 하고…."

"네 잘못은…."

"제 잘못이에요!"

하려던 내 말을 끊고 강한 어조로 그녀는 말… 아니, 외쳤다.

"제가…

제가 손만 꽉 잡았더라면 언니를 구할 수 있었는데!

제가 크림슨에 가겠다는 말만 꺼내지 않았더라면… 디랄 씨도
… 디랄 씨도…!"

"디랄에 관해서라면… 오히려 책임이 있는 건 나야….

밖에 녀석이 있다는 걸 눈치채지 못하고 작전을 잘못 세웠으니
까…."

자조 섞인 웃음으로 중얼거리는 나.

"그 녀석이라니. 알고 있어? 밖에 있던 상대가 무엇이었는지."

어둠 속에서 들려온 가우리의 물음에 나는 보이지 않는다는 걸
알면서도 고개를 끄덕였다.

"아마… 아이레우스일 거야. 지하 호수에서 싸웠던…."

"살아… 있었나요?"

아리아가 작게 물었다.

"살아 있었다기보다는 지하에서 쓰러뜨린 건 녀석의 일부였을
거야, 아마도….

카이라스의 집에서 레이 윙으로 날아올랐을 때… 힐끔 돌아보
았어. 저택 전체가 덩굴 같은 것에 휘감겨 있었고… 군데군데 둥

근 덩어리가 붙어 있더라고."

"설마?!"

가우리의 목소리에 나는 고개를 끄덕였다.

"그래…. 아마 아이레우스가 맞을 거야. 녀석은 동물이라기보단 식물에 가까운 성질이 아닐까 생각해. 그리고 지하에서 지상까지 어딘가로 이어져 있는 거겠지…."

그것이 저택 전체를 휘감고 있던 탓에 그 결과 기척이 확산되어 나와 가우리도 그 존재를 뒤늦게야 눈치챘던 것이다.

물론 저택을 뒤덮은 그것이 아이레우스와 같은 능력을 가진 다른 녀석일 가능성도 있지만, 디랄에게 일격을 가한 낫 같은 것…. 그것은 물고기 데몬의 지느러미와 같은 형상을 하고 있었다.

아이레우스의 능력, 그리고 지하에서 물고기 데몬 한 마리가 모습을 감춘 걸 감안하면 같은 능력을 가진 다른 녀석이라고 생각하기보다는 물고기 데몬을 흡수한 아이레우스 자신이라고 생각하는 편이 좋지 않을까?

만약 이 상상이 정확하다면… 정말 성가신 상대이다.

대체 어디가 약점인지도 알 수 없다. 저택째 날려버리면 아마도 어떻게든 해치울 수는 있을 거라 생각하지만 그것도 어디까지나 '아마도'.

동물은 머리만 박살 내면 끝이지만 식물은 뿌리 하나, 가지 하나에서도 재생되는 부류가 있다. 아이레우스가 식물에 가까운 속성을 가지고 있다면 날아간 잔해에서 재생될 가능성도 아주 없지는 않다.

"어찌 됐든… 위험한 녀석들이야.

카이라스 본인은 어느 정도의 인물일지 모르겠지만 아이레우스에 날개 달린 인형, 날개 달린 데몬들, 조나게인 그리고 뮤칼레인가 하는 녀석까진 있으니…."

"그 뮤칼레…, 말인데요."

적의 숫자를 손가락으로 꼽으며 중얼거리는 나에게 아리아가 옆에서 끼어들었다.

"제가 이곳 협회에 있었을 때… 저랑 비슷한 시기에 들어온 여자가 하나 있었어요. 공동 연구로 알게 된 이후로 친구가 되었는데…

이름이… 에리디아 뮤칼레였지요."

"뭐…?"

무심코 작게 소리치는 나.

"그래서… 떠올랐어요. 지하 창고를 관리하던 사람 중에… 아이레우스라는 이름을 가진 사람이 있었다는 것을…."

"설마… 그럼?!"

내 말에 아리아는 어둠 속에서 그저 침묵으로 답했다.

"묻겠는데… 그 뮤칼레와 아이레우스는 카이라스파의 사람이었어?"

"아뇨…. 아이레우스 쪽은 이름을 들은 기억이 있다는 정도니까 잘 모르지만…

에리디아는 노골적으로 카이라스를 싫어했어요."

"저기, 그럼 어떻게 된 거지?"

묻는 가우리에게 나는 작게 한숨을 내쉬고 대답했다.

"다시 말해… 카이라스는 협회 사람들을 키메라(합성수)로 개조해서 부하로 부리고 있다는 뜻이야."

"하지만… 그런 일이 가능한가요? 물론 카이라스의 전문은 마법 기술의 일반 응용이었으니까 공격 및 회복주문에서 주술, 마법 도구, 그리고 키메라 기술까지 많은 영역에 걸쳐 있긴 해요. 하지만… 뒤집어 말하면 각각의 분야에 그리 조예가 깊은 건 아닐 거예요.

그런 카이라스에게 키메라를 만들어내는 기술이 있을 거라곤 생각되지 않는데요."

"다시 말해… 다른 배후가 있을 거라는 소리지?"

"가능성은… 있다고 생각해요. 다만 저도 카이라스에 대해 잘 아는 건 아니라서….

어쩌면 제가 모를 뿐이지 키메라에 관한 지식이 꽤 해박할지도 모르죠."

"흐음…."

나는 모호하게 맞장구를 쳤다.

하지만 카이라스의 저택을 본 인상으로는 키메라를 연구하는 사람이라는 느낌은 없었는데….

키메라를 연구하는 사람들은 대개 자신의 집 지하에 넓은 지하실을 가지고 있는 법인데 말이다.

아, 혹시나 해서 말해두는데 이건 내 편견 같은 건 아니다.

키메라를 제작하려면 그 성질상, 넓은 공간이 꼭 필요한데 다른 연구자도 있는 마법사 협회의 시설 내에 멋대로 공간을 마련할 수는 없다.

그리고 협회에 연구 시설을 두면 같은 분야를 연구하고 있는 마법사에게 기술이나 이론을 도난당하는 일도 가끔 생긴다.

그 결과, 키메라 연구를 하고 있으며 재력에도 다소 여유가 있는 사람은 자택 어딘가… 보통 방해가 되지 않는 지하실 같은 곳에 전용 연구실을 두기 마련이다.

물론 나도 카이라스의 저택을 구석구석 본 건 아니므로 어쩌면 우리들이 나온 곳과는 다른 장소에 지하 연구실이 있거나, 아니면 뜻밖에도 2층 같은 곳에 연구실이 있을 수도 있다.

하지만 만약 그렇다고 해도 흔적이나 분위기가 조금은 남아 있을 거라고 생각하는데….

설마 협회의 시설을 써서 사람들을 키메라로 만든 건 아닐 테고….

"그런데 리나 씨…. 에리디아… 뮤칼레 말인데요,

그녀를… 어떻게든 원래대로 되돌리는 방법은 없을까요?"

"……."

아리아의 물음에 나는 대답할 수 없었다.

내 지인 중 과거에 어떤 남자의 손에 의해 키메라가 되어, 인간으로 되돌아가는 방법을 찾던 사람이 있었는데… 지금은 어떻게 되었는지 모르겠지만 적어도 꽤 많은 고생을 했다.

다른 지인의 말에 따르면 '혼합 주스의 제조법을 알고 있다고 해도 거기서 오렌지 주스만을 추출해낼 수는 없다'고 한다.

게다가… 뮤칼레의 경우에는 틀림없이 마음까지 조종당하고 있다. 단지 꼭두각시 술법 같은 것으로 조종되고 있을 뿐이라면 카이라스를 해치우면 어떻게 될 수 있을지 모르지만 세뇌 등의 방법으로 정신 구조 자체를 조작당한 경우에는….

"무리… 로군요."

어둠 속에 울려 퍼지는 아리아의 침울한 목소리.

"나도 그렇게 카메라에 대해 잘 아는 건 아니라서… 딱 잘라 말할 수는 없지만… 쉽지 않다는 것만은 분명해."

"그렇… 군요."

그리고… 그녀는 침묵했다.

"저기… 이제 그만 슬슬 좀 자두는 게 좋지 않을까?"

그것을 기다리고 있었다는 듯 가우리가 입을 열었다.

"일단 체력과 기력을 보충해둬야 하니까.

내일 결판을 낼 생각이지?"

"응…. 그건 그래."

나는 고개를 끄덕였다.

"자자, 아리아…. 지금은….

그리고 내일이야말로…

벨 씨를 되찾고 카이라스를 해치우는 거야."

그리고 다음 날 저녁.

폐가의 창에서 새어 들어온 빛이 꼭두서닛빛으로 물들었을 무렵. 우리들은 행동을 개시했다.

목적지는 카이라스의 저택.

"방법은?"

"운하를 이용해서 수로로 가자."

가우리의 질문에 대답하는 나.

"지상으로 가면 공중 부대에게 발견당할 테고, 땅속은 방향을 알 수 없으니 어제처럼 문제가 생길 우려가 있어.

물속은 어제 싸움으로 나로프가 사라졌으니 물고기 데몬들의 숫자도 줄었을 거야.

상대방도 그 정도는 생각하고 있을지 모르겠지만 지상으로 가는 것보다 위험은 분명 적겠지.

여기서 땅속으로 터널을 뚫어서 운하까지 가서…

그곳에서 레이 윙으로 물속을 나아가서 똑바로 카이라스의 저택까지 가는 거야.

아리아, 안내 부탁해."

"네!"

힘차게 고개를 끄덕이는 그녀.

나도 한 번 고개를 끄덕여 보이고 주문을 외우기 시작했다.

"온다!"

가우리가 소리를 지른 건 카이라스의 저택 바로 앞까지 왔을 때였다.

진홍색으로 물든 물속에서 무언가가 다가오는 게 보인다.

저건?!

아이레우스의 촉수,

촤악!

바람의 결계를 가르고 여러 개의 낫 같은 게 뻗어왔다.

카앙!

왼팔로 나에게 매달린 채 오른손의 검을 휘둘러 공격을 튕겨내는 가우리.

그리고….

"프리즈 브리드[永結彈]!"

아리아가 결계 밖에 술법을 해방했다!

물이 얼어붙으며 낫이 달린 촉수의 움직임이 멎었다.

어제 디랄이 물고기 데몬들에게 쏜 것과 같은 전법이지만 그걸 기억해내서 펼치다니 꽤 훌륭하다!

"거의 다 왔어요! 리나 씨!"

"좋아! 밖으로 나가자!"

나는 술법을 제어해서 수면을 가르고 하늘로 솟구쳤다.

그곳은 카이라스의 저택 바로 앞이었다.

여전히 저택 전체를 아이레우스의 덩굴이 **빽빽**하게 뒤덮고 있고 하늘에선 드문드문 비행 부대의 모습이 보인다.

개의치 않고 나는 똑바로 카이라스의 저택을 향해 돌진했다!

뒤쪽에서 쫓아오는 비행 부대. 앞쪽에서 **뻗어**오는 아이레우스의 낫 촉수!

이대로 어떻게든 테라스를 통해 저택 안으로 돌입하고 싶은데….

"파이어 볼!"

아리아의 술법은 바람의 결계 뒤쪽으로 만들어졌다.

그리고 그대로 앞으로 나아가서….

콰앙!

바람의 결계에 닿으며 폭발!

"아닛?!"

그 폭압에 떠밀린 우리들의 바람의 결계는 가속해서 촉수를 따돌리고 테라스 창을 깨뜨리며 저택 안으로 돌입했다!

으음…, 이것도 분명히 어제 내가 써먹은 전법이긴 하지만….

너무 용감해졌어, 아리아.

일단 술법을 해제하고 바닥에 내려서는 우리들.

"저기…, 아리아."

가우리는 난처하다는 얼굴로 내 어깨를 툭 쳤다.

"말해두는데… 이 녀석의 나쁜 점까지 흉내 내면 잘못된 길로 **빠진다고**."

"그게 무슨 의미야, 가우리."

"아니, 그게….

어쨌거나 가자!"

얼버무리지 마아아아! 그렇게 한마디 해주고 싶었지만 지금은 가우리의 말대로 고시랑거리고 있을 때가 아니다.

우리들이 돌입한 곳은 당초 예정대로 벨의 방이었는데… 그곳에 그녀의 모습은 없었다.

아마 어딘가 다른 방으로 옮겨졌으리라.

"가자!"

말하고 나서 나는 방문을 걷어차 열고 복도로 뛰쳐나갔다.

문제는 벨이 어디로 옮겨졌느냐 하는 건데….

"아리아! 벨 씨가 어디에 갇혀 있을지 짚이는 데 없어?!"

"없어요!"

"오케이!

그럼 닥치는 대로 조사해보자!"

근거고 뭐고 없이 그저 감만으로 나는 복도 한쪽 방향을 향해 달리기 시작했다.

뒤를 따라오는 아리아와 가우리.

눈에 보이는 문을 모조리 걷어차 열고 순서대로 나아가는 사이에 우리 세 사람은 현관 로비에 다다랐다.

그리고 그곳에는….

"이런, 이런…. 너무 난폭한 거 아냐?"

사뿐사뿐 조용한 발소리를 내며 모습을 드러낸 건 등에 다리가 달린 조나게인.

삐걱….

바닥이 삐걱거리는 소리에 홀을 에워싼 계단 쪽으로 시선을 돌리자 뮤칼레를 데리고 내려오는 카이라스의 모습이 보였다.

"호오… 또 왔구나.

사람 숫자는 한 명 줄어든 것 같지만…."

"언니는 어디 있지?"

카이라스의 말에 신경이 거슬렸는지 화난 목소리로 외치는 아리아.

"벨 말인가? 이 저택 안에 있다고만 말해두지.

그전에…

그것을 알았다고 해서 너희들이 어떻게 할 수 있는 건 아닐 텐데?"

"아니. 어떻게든 해 보이고 말겠어."

그렇게 말하면서 나는 성큼 한 발짝 앞으로 나섰다.

"아리아, 냉정해야 해.

이런 3류 악당의 섣부른 도발에 말려들어서 흥분하면 안 된다고."

"누…!"

"그 3류 악당에게…."

발끈해서 외치려던 카이라스의 말을 끊고 조나게인은 냉정한 어조로 물었다.

"손도 못 써보고 동료를 잃은 게 누구지?"

"……!"

소리를 지르려던 아리아를 나는 손으로 말렸다.

"아무래도 도발 대결은 서로 시간 낭비인 것 같은데?"

"그렇군. 그럼… 바로 시작해볼까!"

말이 끝나자마자 바닥을 질주하는 조나게인.

검을 들고 대치하는 가우리.

가우리가 일격을 날리려던 그 찰나!

조나게인은 크게 위로 도약했다!

그대로 공중에서 빙글 반바퀴 회전해서….

"브람 블레이저!"

외워두었던 주문을 해방했다!

상대는….

뮤칼레?!

번쩍!

뮤칼레의 전신에서 빛이 났다.

"──?!"

쐐 위력이 떨어지긴 했지만 빛과 함께 발사된 충격파가 나, 가
우리, 아리아를 관통했다!

이번 건… 좀 먹혔다.

조나게인은 한순간 움직임이 멈춘 가우리의 뒤에 착지하더니,

돌아보지도 않고 다리 두 개로 가우리를 내리쳤다!

허나 가우리도 공격의 낌새를 눈치챘는지 역시 돌아보지도 않고 앞으로 이동해서 공격을 피하고 그대로 카이라스 쪽으로 달려 갔다!

그 앞을 막아서는 뮤칼레.

그리고….

"아이시클 란스!"

뮤칼레의 등을 향해 카이라스가 술법을 해방했다!

부웅!

"큭?!"

뮤칼레에 의해 확산되어 얼음 폭풍으로 변한 냉기가 휘몰아치자, 황급히 크게 뒤로 물러서는 가우리.

저런 술법까지 확산되는 거야?!

공격마법을 확산 방사하는 뮤칼레를 앞세우고 자신은 뒷짐이나 진 채 구경만 하다니… 꽤 빈틈없는 전법을 구사하고 있다.

공격마법을 날리면 뮤칼레가 받아서 이쪽으로 확산 방사시키고, 그렇다고 직접 공격을 가하기 위해 접근하면 카이라스가 주문을 쏴서 역시 뮤칼레가 확산 방사시킨다.

물론 방법이 없는 건 아니다. 아무리 뮤칼레라고 해도 모든 주문을 확산 방사시킬 수 있는 건 아니리라.

일정 이상의 파괴력이 있는 술법을 날리면 아마 뮤칼레를 파괴할 수도 있을 터.

그러나 문제인 건 그 '일정 이상'이라는 게 어느 정도인지 알 수 없다는 점.

가령 드래곤 슬레이브 같은 걸 갑자기 날리면 아마 버텨낼 수 없겠지만 역시 이런 곳에서 그런 걸 날릴 수는 없다.

그렇다고 그보다는 좀 약한 다이나스트 브라스[覇王雷擊陣]나 제라스 브리드 같은 걸 썼다가 만에 하나 반사 확산되기라도 하면….

여하튼 순마족조차 한 방에 보내는 술법이다. 확산되어 위력이 떨어진다고 해도 그런 걸 얻어맞는다면 한 방에 끝이다.

그리고 뮤칼레가 아리아의 친구라는 걸 안 이상, 죽이는 것도 찜찜하다.

그렇다면 여러 방향에서 동시에 카이라스를 기습 공격하는 게 제일인가….

좋아! 그렇다면….

"가우리! 조나게인 쪽을 부탁해!"

"알았어!"

그렇게 대답하고 그는 발길을 돌려 조나게인 쪽으로 향했다.

나도 카이라스에게서 눈길을 떼지 않은 채 다음 주문을 외우기 시작했다.

"어지간히 나와 싸우고 싶은 모양이군!"

말하면서 가우리의 검 일격을 여러 개의 발로 막아내는 조나게인. 검과 다리가 맞부딪치며 쌍방의 움직임이 멈춘 그 한순간.

휘익.

휘파람 같은 소리와 함께 조나게인이 입에서 토해낸 실이 가우리가 들고 있는 검에 휘감겼다!

"큭?!"

가우리가 신음한 그 순간.

"아이시클 란스!"

옆에서 아리아가 조나게인을 향해 주문을 쏘았다.

조나게인은 황급히 거미발로 바닥을 박차고 가우리의 머리 위를 뛰어넘었다.

검에 감겨 있는 실은 아직 그대로. 움직임이 제한된 가우리는 불리하지만….

지금이다!

나는 조나게인의 낙하지점을 향해 달려갔다.

그 움직임을 눈치챈 조나게인에게 당황한 기색이 서렸다.

나와 마주칠 것이냐, 아니면 가우리를 공격할 것이냐.

순간.

"플레어 란스!"

나는 달리면서 외웠던 주문을 카이라스를 향해 쏘고, 그와 동시에 숨을 멈추었다.

황급히 방어에 들어가는 뮤칼레. 내 술법을 막아서 반사적으로 이쪽을 향해 확산 방사시킨다!

그 찰나 나는 눈을 감았다!

고오!

강렬한 열기가 나를 감쌌다.

그리고 동시에… 조나게인을.

"크아악!"

조나게인의 비명이 울려 퍼졌다.

그랬다. 내가 방금 한 그 공격은 카이라스를 기습하기 위한 게 아니라 조나게인을 말려들게 하기 위함이었다.

이 플레어 랜스는 본래 상대를 통구이로 만들 수 있을 만한 위력이 있지만 이번엔 일부러 힘을 낮추었기에 뮤칼레에 의해 확산되자 피부가 따끔한 정도로 그쳤다.

하지만 피부가 따끔한 정도의 열기를 들이마시면 어떻게 될까?

숨을 멈추고 눈을 감고 있던 나와는 달리 조나게인은 완전히 폐가 타버린 듯 고통스러운 표정을 지었다.

그리고….

푹!

조나게인의 뒤쪽에 있어서 술법 반사의 영향을 받지 않았던 가우리의 검 일격이 조나게인의 등을 꿰뚫었다.

"………………!"

비명도 제대로 지르지 못하고 등에 난 거미발이 꿈틀거렸다.

그곳에….

"담 브라스[振動彈]!"

반사 범위 밖에 있었던 아리아의 주문이 꽂혔다!

이렇게 된 이상 버틸 수 있을 리가 만무!

조나게인의 등에 난 다리가 여러 번 경련하더니… 완전히 움직이지 않게 되었다.

"자, 이걸로 일단 한 명."

말하면서 나는 카이라스에게 거만한 미소를 보였다.

"큭…!"

증오로 일그러진 카이라스의 얼굴에는 초조한 기색이 떠올라 있었다.

나는 여유로운 표정으로 주위를 빙 둘러보았다.

"이 정도 소란을 피웠는데도 날개 달린 녀석하고 저택에 달라붙어 있는 아이레우스인가 하는 녀석은 도와주러 올 낌새가 없네.

녀석들은 바깥 경비 전문인가 보지?

그럼 널 지키는 건 주문 확산 능력밖에 없는 뮤칼레 한 사람뿐.

…이제 그만 각오하는 편이 좋을 거야, 카이라스 씨."

거만한 어조로 쏘아붙였다.

내가 이렇게 말하면 카이라스는 아마 아이레우스나 비행 부대의 도움을 받기 위해 밖으로 뛰쳐나갈 것이다.

하지만 그것이 바로 나의 진짜 의도. 카이라스가 밖으로 나가면 실내에선 쓰지 못하는 무차별 광범위형 주문을 날려 한 방에 결판을 낸다!

카이라스만 어떻게든 해치우면 뮤칼레와 아이레우스, 비행 부대와는 굳이 싸울 필요가 없다.

그러나.

"크… 크훗…."

카이라스는 쿡쿡쿡 웃으며 천천히 뮤칼레의 곁으로 다가갔다.

"깨뜨릴 수 없다….

나의… 나의 야망을…

너희들 따위가 깨뜨릴 순 없어!"

말이 끝나자마자 오른손으로 뮤칼레의 머리를 뒤쪽에서 덥석 붙잡았다.

무슨 짓을?

카앙!

날카로운 소리가 울려 퍼졌다.

녹색 파편이 허공에 흩날린다.

"에리디아!"

그리고 아리아가 비명을 질렀다.

카이라스가 그 손으로 뮤칼레의 머리를 박살 냈던 것이다.

이런….

"크흐… 흐…."

머리를 잃고 수욱 늘어지는 뮤칼레의 몸을 뒤에서 안아 드는 카이라스.

"무슨 속셈이지?"

"크핫. 당연한 걸 묻지 마라. 이렇게 안 하면 혼란되기 때문이다.”

내 물음에 카이라스는 영문을 알 수 없는 소리를 지껄였다.

그 눈은 이미 이성을 잃은 상태이다.

대체 무슨 짓을 하려는 건지는 모르겠지만….

“몸이?!”

처음 그 이변을 눈치채고 소리를 지른 건 가우리였다.

한순간 무슨 일인지 알지 못하고 가우리 쪽을 돌아보는 나.

그의 시선은 똑바로 카이라스 쪽을 향하고 있었다.

나는 다시 시선을 되돌리고….

그리고 그제야 눈치챘다.

천천히.

카이라스가 안고 있던 뮤칼레의 몸이 그의 몸으로 빨려들고 있
다는 것을.

설마… 뮤칼레를 흡수하고 있는 건가?!

그렇다면 카이라스 자신도 이미 인간이 아니라는 말이로군.

이윽고 뮤칼레의 몸은 완전히 카이라스의 안으로 매몰되었다.

“크하하하하하하하하!”

그리고….

카이라스의 상식 밖의 웃음소리가 울려 퍼졌다.

4. 크림슨 꼭두각시의 잔치가 끝날 때

"프리즈 애로!"

울려 퍼지는 웃음소리를 끊으며 일격을 날린 건 아리아였다.

야, 잠깐 기다려!

쏟아지는 열 발 가까운 냉기의 화살을 카이라스는 피하는 낌새
도 보이지 않고 그대로 맞았다!

그리고….

화악!

뮤칼레 때와 마찬가지로 냉기가 이쪽으로 휘몰아친다.

아니, 냉기라기보다는 조금 차가운 바람 정도일까?

"역시…."

신음하듯 말하는 아리아.

아, 카이라스가 뮤칼레의 능력을 흡수했는지 혹시나 해서 위력
을 낮춘 프리즈 애로를 날려 확인해본 건가.

"캬하하하하하! 소용없다!

모르겠느냐?! 내가 뮤칼레의 힘을 손에 넣었다는 것을!

너희들의 술법 따윈 이제 나에게는 안 통한다!"

그냥 한번 시험해본 거라는 사실도 모르고 크게 웃어대는 카이

라스.

역시 결국은 3류 악당인가….

하지만 뇌세포는 3류라도 얕보고 덤볐다간 큰코다친다.

카이라스가 지금까지 흡수한 게 뮤칼레뿐이라고 단정할 수는 없다.

아니, 오히려 다른 녀석들을 흡수해서 이상한 능력을 갖추었다고 생각하는 쪽이 자연스럽다.

음…?

그때.

내 뇌리를 문득 어느 의문이 스쳐 지나갔다.

하지만 지금은 그것을 깊이 생각하고 있을 때가 아니다.

일단 당면한 문제는 어떻게 카이라스를 해치울까 하는 건데….

"말해두지만 내가 흡수한 건 뮤칼레의 힘뿐만이 아니다!

보여주마! 너희들에게!"

말이 끝나자마자….

크아아아아아!

카이라스는 짐승 같은 외침 소리를 냈다.

동시에 허공에 생겨나는 십여 발의 냉기의 화살!

이 힘은?! 레서 데몬?!

출현한 냉기의 화살은 한꺼번에 카이라스 자신에게 꽂혔다!

이런!

고오!

황급히 물러서는 우리들에게 얼얼한 냉기가 휘몰아쳤다!

"큭…?!"

가우리는 작게 신음하면서도 검을 겨누고 카이라스를 향해 바닥을 박찼다.

허나!

크아아아아아!

뒤쪽으로 물러서면서 다시 카이라스가 울부짖었다!

그리고 휘몰아치는 냉기의 바람!

이 녀석… 자기 능력의 사용법을 알고 있다!

단순히 냉기의 화살을 쏘아내는 것이라면 가우리도 검으로 가볍게 떨구거나 피할 것이다. 그러나 확산된 냉기의 폭풍으로 쏜다면 그건 어떻게 해볼 수 없다.

물론 확산되는 만큼 대미지는 없는 것이나 마찬가지지만 이것을 잇달아 계속 맞으면 어떻게 될까?

조금씩, 하지만 확실히 체온을 빼앗기고 자신도 모르는 사이에 움직임도 무디어진다.

만약 몸이 생각처럼 움직이지 않게 되었을 때 냉기의 화살을 직접 쏜다면 아무리 가우리라도 피하기란 무리일 것이다.

카이라스… 행동거지나 악당으로서의 그릇은 3류지만 마법사로서는 합격점이라고 할까?

그렇다면 나도 전법을 생각할 필요가 있다.

"가우리! 아리아! 이쪽으로 와!"

말하고 나서 나는 복도 쪽으로 달려갔다.

"아리아! 좀 도와줘!"

나는 그녀에게 수순을 설명하고 함께 주문을 외우기 시작했다.

"도망칠 생각이냐?! 어림없다!"

기세 좋게 쫓아오는 카이라스.

그곳에….

"담 브라스!"

나는 외운 주문을 해방했다!

목표는 카이라스가 아니라 카이라스의 머리 위에 있는 천장!

콰광!

엄청난 소리와 함께 천장이 무너지면서 크고 작은 돌 파편이 카이라스의 몸 위로 흩뿌려진다.

"칫! 잔머리를 굴리는군!"

떨어지는 토사를 뒤쪽으로 물러서서 피하는 카이라스.

아직 걷히지 않은 흙먼지를 헤치고 복도에 수북하게 쌓인 돌 파편을 뛰어넘어 다시 이쪽으로 달려든다.

그리고….

"담 브라스!"

내 신호에 맞추어 아리이가 쏜 두 번째 공격이 역시 천장에 꽂혔다.

복도에 일어나는 부연 흙먼지.

"이 녀석들! 짜증 나게시리!"

욕지거리를 해대며 다시 카이라스는 뒤로 물러섰다.

아리아 일행은 좀 더 복도 안쪽으로 나아갔고….

"담 브라스!"

다시 아리아가 쏜 술법이 천장에 꽂혔다.

"제기랄! 끈질기군!"

카이라스는 짜증을 내며 뒤로 물러나 흙먼지를 피하고 숨을 한 번 고른 다음 잔해를 뛰어넘어 다시 추격에 나섰다.

그것이 내가 노렸던 순간이었다.

"라그나 블레이드[神滅斬]!"

내가 말한 '힘 있는 말'에 부응해서 손안에 어둠의 칼날이 만들어졌다.

이 일격이라면 아무리 카이라스라도 확산시키지 못할 터!

"아닛…?!"

우오오오오오!

생각보다 훨씬 가까운 곳에서 들린 목소리에 카이라스는 다급히 외침 소리를 내어 빛의 화살을 만들어 자신에게 충돌시켰다.

화악!

카이라스의 전신이 빛나며 확산된 빛이 복도 앞뒤로 뻗었다.

찰나….

나는 바닥을 박찼다.

그대로 단숨에 위에서 어둠의 칼날로 베어낸다!

"아닛…?!"

그제야 눈치챈 카이라스가 위를 올려다보았을 때는 이미 늦은 뒤였다!

소리도 없이 어둠의 칼날이 카이라스의 몸에 박혔다!

아리아가 내 신호에 맞춰 담 브라스를 천장에 날렸을 때.

나는 흙먼지에 섞여 외워두었던 레비테이션으로 천장에 뚫린 구멍을 통해 위로 올라갔던 것이다.

상상했던 대로 그곳은 2층 복도였다.

1층 복도를 달리는 아리아와 같은 방향으로 달리면서 나는 라그나 블레이드의 주문을 외웠고….

다음에 아리아가 쏜 담 브라스가 천장… 즉 나에게 있어선 복도 바닥에 구멍을 뚫자 그곳에서 뛰어내려 카이라스를 베어낸 것이다.

"크악…."

카이라스의 몸이 한순간 검게 물들었다.

그리고….

고오!

무딘 소리와 함께 그의 전신은 산산이 깨어져 흩어졌다.

부옇게 날리던 흙먼지가 걷혔다.

그리고 그곳에는 우뚝 서 있는 가우리와 아리아의 모습.

"해치웠나요?"

라고 묻는 아리아에게 나는 고개를 끄덕였다.

"응, 카이라스는….”

"그럼….”

"다만 문제는… 남은 적들… 그러니까 카이라스가 조종하던 녀석들이 어떻게 나올까 하는 거야.”

저택 밖에는 찰싹 붙어 있는 아이레우스와 날개 달린 인형, 그리고 날개 달린 레서 데몬들도 있다.

그리고 그것은 어디까지나 우리들이 만난 녀석들만 해도 그렇다는 이야기.

아마 그 외에도 카이라스의 부하는 당연히 더 있을 것이다.

카이라스가 죽으면서 제어가 풀렸다면 다행이지만… 만약 그렇지 않았을 경우 카이라스의 원수를 갚기 위해 우리들을 공격할 가능성이 높다.

그렇게 된다면 얼마나 성가실지 설명할 것까지도 없을 터다.

"벨 씨를 구하기 전에 일단 그것부터 확인해야겠어.

무사히 구출해서 저택에서 나오다가 총공격을 받기라도 하면 꼴이 말이 아니니까….

그러고 보니 벨 씨는 공격마법 같은 거 쓸 수 있어?”

"아뇨. 언니는 전혀….”

"공격마법은 못 쓴다는 거지?”

"그전에 마법에 대한 건 전혀 모를 거예요.

전 어렸을 때부터 마법 같은 것에 흥미가 있어서 마법사 협회에 들어갔지만, 부모님이 작은 식당을 경영해서인지 언니는 요리하기를 좋아했고… 그래서 자주 집안일을 돕기도 했지요."

"그랬구나….

그럼 더더욱 바깥 상황을 먼저 조사해볼 필요가 있겠어.

일단 아무 방이나 들어가서 창 밖으로 상황을 확인하기로 하자."

말하고 나서 나는 가까운 방의 문을 열었다.

객실 같은 곳인지 구조는 벨 씨가 전에 있었던 방과 그리 다르지 않았고 테라스에 난 창을 통해 밖을 내다볼 수 있었다.

일단 이곳에서 보는 한 적의 모습은 전혀 없다.

주위의 기척을 살펴보아도 살기나 적의는커녕 아무런 기척도 느껴지지 않는다.

"어떻게 생각해? 가우리."

"무언가 있는 것처럼 생각되지는 않는데….

일단…

밖에 나가볼게.

너희들은 이곳에 있도록 해."

"알았어.

조심해서 다녀와."

가우리는 오른손에 검을 든 채 왼손으로 테라스 창을 열었다.

기척을 살피며 잠시 대기하다가….

단숨에 테라스로 뛰쳐나가서 저택 쪽을 돌아보았다.

그리고.

"아…."

가우리는 놀람과 곤혹이 뒤섞인 신음 소리를 토해냈다.

"왜 그래?!"

"아니… 이건….

어, 어쨌거나 와봐."

나와 아리아는 얼굴을 한 번 마주 본 뒤 주위를 대충 경계하며 테라스로 나갔다.

가우리가 보고 있는 쪽으로 시선을 돌리고….

"아…?"

"이건…?"

우리 두 사람은 입을 모아 역시 곤혹스러운 중얼거림을 흘렸다.

저택 표면은 빽빽하게 아이레우스의 덩굴로 뒤덮여 있다.

그 덩굴 곳곳에는 여러 개의 거대한 고깃덩어리인지 혹인지 모를 덩어리가 달려 있다.

그 모든 것이….

지금은 완전히 말라 죽어 있었다.

거대한, 혹은 마치 시들어버린 커다란 흰 꽃처럼 바람에 흔들리며 부스럭부스럭 메마른 소리를 내고 있었다.

뻗어 있는 덩굴인지 촉수인지 모를 것들도 갈색으로 시들고 말라비틀어져서 조금의 생기도 느껴지지 않았다.

"죽은 건가?"

가우리가 작게 중얼거렸다.

귀가 아플 정도의 침묵이 주위를 가득 메웠다.

"설마?!"

문득 어느 생각을 떠올리고 나는 다시 방을 가로질러 복도로 달려갔다.

뒤를 따르는 가우리와 아리아.

"왜 그래요?! 리나 씨!"

"잠깐 확인할 게 있어."

나의 발길이 멈춘 곳은 처음 돌입했던 방…, 일전에 벨 씨와 만난 그 방이었다.

나는 깨진 창문으로 달려가서 테라스에서 밖을 내다보고….

"……!"

말없이 그 자리에 우뚝 섰다.

테라스 맞은편… 정원 잔디 위에는 날개 달린 데몬들의 지휘자로 보였던 날개 인형이 말 그대로 버려진 인형처럼 뒹굴고 있었다.

그렇게 많았던 날개 데몬들은 이미 주위에 그림자도 보이지 않는다.

"어떻게 된 일이지?"

뒤에서 들려온 가우리이 중얼거림에 물론 내가 대답할 수 있을 리 없었다.

"카이라스가 죽어서… 이렇게 된 거 아닐까요?"

띄엄띄엄 자신 없는 말투로 중얼거리는 아리아.

확실히 타이밍으로 보면 그것이 계기가 되었을 가능성은 있지만….

누군가가 죽으면 함께 죽도록 키메라를 만드는 게 비록 불가능하지는 않더라도 그렇게 하려면 꽤 성가신 처리가 필요하다.

"하지만 카이라스는 어째서 일부러 그런 짓을?"

"그건…."

나의 물음에 아리아는 잠시 생각하더니 말했다.

"자신에게 만약의 일이 생겼을 때 부하들이 뻔뻔하게 살아 있는 게 싫었다거나….

아, 어쩌면 그런 식으로 개조해서 자신을 지킬 수밖에 없도록 한 것 아닐까요?

분명 그럴 거예요!"

"흐음…."

아리아의 가설에 모호한 맞장구를 치는 나.

그녀의 말대로라면 앞뒤가 맞기는 하지만….

무언가가… 무언가가 걸린다.

"이봐! 잠깐만!"

우리들의 이야기를 듣고 있었는지 안 듣고 있었는지 가우리가 별안간 긴박한 소리를 내질렀다.

"그 카이라스라는 녀석이 부하들과 함께 죽을 생각이었다면… 벨 씨의 경우는…?"

──?!

나와 아리아는 무심코 얼굴을 마주 보고 황급히 복도로 달려 나
갔다.

"언니! 언니!"

"벨 씨! 대답해요!"

"이봐! 무사하다면 대답을 해!"

세 사람은 제각각 외치면서 저택의 방을 철저히 조사하고 다녔
다.

이렇게 큰 저택이라면 하인 한두 명은 있을 법한데 어디에도 그
런 낌새는 없다.

인적 없는 저택 안에 우리들의 목소리만이 울려 퍼졌다.

여기저기 찾아보았지만 최소한 1층의 어디에도 벨 씨의 모습은
없었다.

"언니… 설마….."

"아리아! 실망하긴 아직 일러! 2층을 찾아보자!"

"네…."

우리들은 현관 로비의 계단을 통해 2층으로 올라가서 가까운
방문을 열었다.

콰당!

그대로….

잠시 우리들의 움직임이 멈추었다.

바깥쪽으로 크게 열린 창.

산들바람에 하얀 레이스 커튼이 유영하듯 흔들리고 있다.

그 창문 앞에는 흰 흔들의자가 하나.

그리고….

"아리아?"

흔들의자 위에서 고개만 돌려 이쪽을 돌아보는 벨 씨.

벨 씨는 어딘지 쓸쓸한 미소를 지었다.

"언니!"

소리를 지르고 달려오는 아리아를 벨 씨는 의자에서 일어나 다정하게 끌어안았다.

"언니…, 언니…."

"끝났… 구나…."

자신의 가슴에 얼굴을 묻고 울음을 터뜨리는 아리아의 머리를 자상하게 쓰다듬으며 벨 씨는 조용한 목소리로 말했다.

"응…. 카이라스는… 해치웠어.

이제… 마을도 평화로워질 거야. 다시 언니랑 함께 살 수 있어."

"……."

벨 씨는 그저 아무 말 없이 어딘가 먼 곳으로 눈길을 돌렸다.

마치 옛날에 잃어버린 걸 바라보고 있는 듯….

"이 저택에… 다른 사람은 없나요?"

"없어요….

다들 사라지고 말았죠.

반란이 일어난 그날부터…."

내 물음에 벨 씨는 역시 먼 곳을 바라본 채 대답했다.

자매의 재회에 찬물을 끼얹는 건 도리가 아니라는 걸 알면서도 꼭 확인해두어야 할 게 있었다.

"그런데…

벨 씨. 당신은 괜찮나요?

카이라스는 자신까지도 키메라로 만든 모양이던데…."

내 물음에 아리아가 놀라 고개를 들었다.

"맞다.

언니, 괜찮아? 카이라스에게… 이상한 짓 당하지 않았어?!"

그 질문에 그녀는 온화하게 미소 지었다.

"난 괜찮아, 아리아.

사람들을 바꾼 건 카이라스가 아니라 나였는걸."

한순간.

아무도 이해하지 못했다.

벨 씨가 무슨 말을 했는지.

"언… 니…?"

당황한 얼굴로 중얼거린 아리아에게 벨은 그저 온화한 미소만을 보일 뿐.

그제야.

나는 깨달았다.

벨 씨의 눈망울 속에 잠든 조용한 광기를.

"어떻게 된… 일이죠?"

떨리는 목소리로 묻는 나에게 벨 씨는 눈길도 돌리지 않은 채

대답했다.

"카이라스는⋯ 이렇게 되어야 마땅했어요.

반역자의 오명을 쓰고⋯ 명예도⋯ 목숨도 잃는 게⋯

마땅해요.

나에게서⋯ 그 사람도⋯, 행복도 빼앗아갔으니까."

"그럼 역시 카이라스가 그 사람을⋯?"

놀란 표정으로 묻는 아리아.

그 사람이란⋯ 아리아가 전에 말했던 벨 씨의 약혼자를 말하는

건가?

"카이라스가 그렇게 말한 건 아니야.

하지만⋯ 내 마음속에선 그것이 사실이었어⋯.

그래서⋯

카이라스를⋯, 사람들을 바꾸어버린 거야. 반란을 일으키게 해

서⋯ 오명과 함께 죽도록."

"나는⋯

무슨 소리를 하는지 모르겠어, 언니⋯.

언니가 바꾸었다⋯ 니⋯?"

"난 말야, 아리아.

체념하려고 했어.

이제 좋은 일 따윈 없다고. 그레도 상관없다고.

하지만⋯ 그게 아니었어.

체념했다고 생각했지만⋯ 마음 깊은 곳에선 증오가 조금씩 쌓

여가고 있었지.

　그래서 나는 사람들을 바꾸어버렸어.

　사람들을 바꾸어서 카이라스의 이름으로 반란을 일으킨 거야."

"거짓말!"

아리아는 결렬하게 고개를 저었다.

"거짓말이야! 그런 건!

　그러면… 난 언니와 싸웠다는 말이 되잖아?!"

"사랑해, 아리아…. 나의 하나뿐인 동생….

　하지만…."

벨 씨는 쓸쓸한 얼굴로 말했다.

"그 사람이 죽은 뒤에도…

　나는 카이라스의 청혼을 거절했어.

　하지만… 어느 날 카이라스가 그러더구나.

　여동생이… 아리아가 약혼자처럼 되면 어떻게 할 거냐고…."

"……?!"

아무 말도 하지 않은 채….

아리아는 움찔 작게 몸을 떨었다.

그 표정은 내가 있는 곳에선 알 수 없다.

"그때 나는 확신했어.

　아아…, 역시 그 사람은 카이라스에게 살해당한 거야… 라고.

　지금 생각해보니 어쩌면 나를 고분고분하게 만들기 위한 단순
한 허풍이었을지도 모르겠지만….

그때에는… 아리아를 죽게 해선 안 된다… 그의 말을 들을 수밖에 없다… 그런 생각밖에 없었어."

아리아를 볼모로 협박해서… 결혼한 셈인가?

정말 비열하기 짝이 없는 남자이다.

"거짓… 말…."

"거짓말이 아니야, 아리아."

떨리는 아리아의 중얼거림에 조용히 고개를 젓는 벨 씨.

"그래서… 나는 너를 사랑하고 있지만…

동시에…."

증오하고 있기도 하다.

사랑하고 있기에 마을에서 내보냈다.

아리아를 싸움에 말려들게 하지 않기 위해.

증오하고 있기에 마을에서 내보냈다.

혼자 마을을 떠난 자신을 책망하게 하도록.

그리고 반란의 주모자가 카이라스라는 정보를 확실하게 퍼뜨리도록.

벨 씨는 그런 아리아를 지켜보기 위해 조나게인을 감시인으로 파견한 게 아닐까?

그렇게 생각해보면 납득이 가는 부분도 있다.

목적이 '카이라스에게 오명을 씌워 죽게 하는 것'이라면 카이라스가 죽은 뒤 부하들은 필요 없다.

아니, 오히려 국왕군에 끈질기게 반항한다면 방해만 된다.

그래서… 죽게 만들었다.

하지만….

어떻게?

"거짓말!"

아리아가 외쳤다. 떨리는 목소리로.

"거짓말이야! 그딴 건!

하지만…! 언니는 그런 일을 할 수 없잖아!

언니는 마법에 대해 아무것도 모르잖아!

그런데… 사람들을 바꾸는 것이…

가능할 리 없어!"

"그래…

난 마법에 대해선 아무것도 몰라.

결혼한 뒤에도 카이라스는 내가 마법의 지식에 접근하지 못하도록 했어.

아마… 두려웠던 거겠지,

내가 힘을 길러서 자기에게 복수하는 게….

마음속에 쌓인 증오를 눈치챘지만…

모든 게 미웠지만… 나에겐 아무 힘도 없었어.

하지만…

그 사람이 내게 힘을 주었지."

"그 사람?"

미간을 좁히고 중얼거리는 나.

이 경우 '그 사람'은 아무래도 죽은 약혼자도, 카이라스도 아닌 것 같은데….

그 중얼거림이 들렸겠지만 여전히 미소를 아리아에게 보인 채로 벨 씨는 말했다.

"이름도 가르쳐주지 않았지만…

그 사람은 내가 힘을 원한다는 걸 알고

나에게 힘을 빌려주었어.

난 그 힘을 쓴 거야.

…카이라스를 죽이는 건 쉬웠지만

그것만으론 용서가 되지 않았어.

그래서 카이라스가 반역자의 오명을 쓰도록 했지.

그러기 위해 그 힘으로 사람들을 바꾸어 조종한 거야."

"거짓말!

가능할 리 없어! 그런 일이!"

"가능해, 아리아….

이제 남은 건… 나와… 이곳에 있는 모두가 죽는 거야. 그럼 모든 게 끝나는 거야."

"아리아!"

벨 씨의 말에 나는 황급히 달려가서 아리아의 한 손을 붙잡고 있는 힘껏 벨 씨에게서 떼어놓았다.

벨 씨가 아리아를 죽일 것으로 생각했던 것이다.

하지만 무기를 숨기고 있는 낌새도 없이 벨 씨는 그저 가만히 그 자리에 서 있을 뿐.

"거짓말이야! 언니!"

벨 씨는 울부짖는 아리아에게서 나와 가우리 쪽으로 시선을 돌리고 말했다.

"미안해요, 말려들게 해서….

하지만… 곧 끝날 거예요.

아무리 카이라스가 못된 사람이었다고 해도… 상관없는 사람들을 말려들게 한 저의 방식이 옳다고는 생각지 않아요.

그래서… 저도 죽겠어요.

하지만… 카이라스에겐 반역자의 오명을 씌우지 않으면 안 돼요. 그래서 당신들도 함께…."

말하고 나서 다시 시선을 아리아 쪽으로 돌리더니 오른손을 조용히 옆으로 들었다.

"아리아… 봐….

이것이… 내가 그녀에게서 받은 힘이야.

나와라…, 두르고파."

뭐?!

벨 씨가 말한 그 찰나.

그녀의 오른손에서 어둠이 만들어졌다.

어둠이 한순간에 응축되어 새까만 검으로 변했다.

"이… 이봐! 리나! 저건…!"

"알고 있어."

소리를 지르는 가우리에게 나는 스스로도 의외일 만큼 냉정한 목소리로 대답했다.

나에겐… 익숙한 것이었다.

그 이름도, 그 검도.

일전에.

우리들과 한 번 겨룬 바 있던 고위 마족 패왕장군 쉐라가 들고 있던 마검이자 마족 두르고파.

나와 가우리는 이 검을 만진 사람이 괴물로 변하는 걸 눈앞에서 본 적도 있다.

그렇군…. 이 녀석의 힘을 쓰면 사람들을 변하게 하는 것도 결코 어려운 일은 아니었을 것이다.

"그만둬! 언니!"

"이걸로… 끝내자."

중얼거리듯 말한 벨 씨의 오른팔은 이미 마검과 동화되고 있었다.

"어림없다!"

외치면서 바닥을 박찬 건 가우리였다.

손에 든 검이 빈뜩였다.

아마 마검을 베어서 동화를 막을 생각이었으리라.

허나.

카앙!

벨 씨가 들고 있던 검이 그 일격을 간단하게 튕겨내었다.

"이런?!"

놀란 소리를 내며 가우리는 크게 뒤로 물러섰다.

가우리의 검 솜씨는 두말할 것 없이 초일류. 그가 전력으로 휘두른 공격을 튕겨내려면 1급 이상의 솜씨를 가지고 있거나 아니면 조나게인처럼 잔재주를 부릴 수밖에 없다.

적어도 벨 씨에게 검의 소양이 있는 것으론 생각되지 않는데……

"이미 늦었습니다. 이 검은… 계속 제 안에 있었으니까…

완전하진 않다고 해도… 전 이미 이 검과 거의 동화되었어요.

저는 싸우는 법을 모르지만… 두르고파는 알고 있습니다."

두르고파의 도신이 벨 씨의 손바닥에 빨려들 듯 파고들었다.

치켜든 오른손이 검게 물들더니 어둠의 색이 오른손에서 그 전신으로 퍼져간다.

아무도… 막을 수 없었다.

벨 씨의 전신이 검게 물들었다.

그리고 그녀는….

완전히 마검과 하나가 되었다.

"언니!"

아리아의 외침이 허망하게 울려 퍼졌다.

과거에 나와 가우리의 눈앞에서 두르고파가 한 남자와 동화되었을 때에는 남자의 의사를 무시한 것이었다.

그 결과, 동화된 두 존재는 거대한 고깃덩어리 같은 이상한 모양이었다.

그러나 지금은….

벨 씨는 스스로의 의지로 두르고파를 받아들인 것이다.

이미 '그녀'가 벨 씨인지, 아니면 두르고파인지 나도 알지 못한다.

이것이 바로 두르고파의 완전한 동화 형태일까?

이미지상으로는 얼마 전에 싸운 뮤칼레와 비슷하다.

다만… 뮤칼레의 전신이 투명한 에메랄드빛이었던 것에 비해 '그녀'의 색깔은 어둠과 같은 허무의 칠흑.

굳이 예를 들자면 검은 여신상….

"언…."

외치려던 아리아에게 '그녀'는 말없이 오른손을 뻗었다.

"피해!"

동시에 가우리가 바닥을 박찼다.

옆에서 아리아에게 뛰어들어서 잡아채듯 안아 든다.

찰나.

콰앙!

아리아가 있던 뒤쪽 벽이 보이지 않는 '힘'의 압력에 찌그러지며 산산이 박살 났다!

위험하다!

"가우리! 도망치자!"

"알았어!"

나는 복도로 뛰쳐나갔고 아리아를 안은 가우리가 그 뒤를 따랐다.

"언니! 언니!"

아리아의 비통한 비명이 울려 퍼졌다.

이제… 이렇게 된 이상 벨 씨를 원상태로 되돌리는 방법 따윈 있을 수 없다.

죽일 수밖에… 없다.

죽일 수밖에 없지만 아리아의 눈앞에서 죽이는 건 아무리 그래도 너무 잔인한 일이다.

"가우리! 일단 나가자!"

"알았어!"

계단을 단숨에 뛰어 내려간 우리들은 현관문을 걷어차고 밖으로 나갔다.

"아리아! 넌 마을로 나가서 어딘가에 숨어 있어!"

마을로 나가라는 건 나무도 거의 없는 이곳에는 숨을 곳도 없기 때문.

"이렇게 할 생각이죠?"

"……."

침묵으로 대답하는 나에게서 아리아는 조용히 시선을 돌렸다.

"그 방법밖에…

그 방법밖에 없는 거군요.

알겠습니다. 부탁드릴게요."

쥐어짜듯 그렇게 중얼거렸다.

"가우리 씨. 이제… 됐어요. 제 발로 걸을게요."

"그래?"

말하고 나서 가우리는 그녀를 살짝 내려놓았다.

"가자. 일단 마을까지."

"네…."

내 말에 고개를 끄덕이는 아리아.

갑자기 언니를 설득한다며 되돌아가지 않을지 걱정했지만 아무래도 괜찮은 모양이다.

그러나….

——?!

뒤에서 살기가 일어난 건 아직 부지를 벗어나기도 전의 일이었다.

"아리아!"

나는 즉시 옆에서 달리던 아리아를 밀쳐냈다!

찰나, 눈에 보이지 않는 무언가가 소리도 바람도 없이 나와 그녀 사이를 스쳐 지나갔다.

그리고….

쾅!

먼 곳에 있는 정원수의 밑동이 무딘 소리를 내며 박살 났다.

멈춰 서서 돌아보니 저택 현관 앞에서 느릿느릿 걸어오는 '그녀'의 모습.

아무래도 이래선… '일단 마을로 나가서 아리아가 안전한 장소에 숨은 뒤 결판을 내자'고 말할 수 있는 상황은 아닌 것 같다.

'그녀'는 일단 아리아를 노리고 있는 것으로 보인다.

아마… 벨 씨가 아리아에 대한 애정과 증오를 간직한 채 두르고파와 동화된 까닭에 그 망집이 고정되어버린 게 아닐는지.

그렇다면 아리아가 어딘가에 숨는다면 '그녀'는 우리들은 방치하더라도 아리아를 찾아내어 죽이려 할 우려가 있다.

"아무래도… 이곳에서 결판을 내야 할 것 같아."

"음… 그렇군."

나와 가우리는 발길을 멈추고 '그녀'와 대치했다.

"아리아! 조금 물러나 있어! 하지만 너무 떨어지면 안 돼!"

"알았어요!"

두 사람의 대답을 듣고 나서 서둘러 주문을 외웠다.

'그녀'는 다시 오른손을 뻗었다. 이번 목표는… 나인가?!

주문을 계속 외우면서 나는 즉시 오른쪽으로 도약했다. 보이지 않는 기적이 바로 옆으로 스쳐간다.

그렇군. 아리아를 죽이기 위한 장애물로 판단하고 나를 먼저 죽이려는 판단인가?

'그녀'는 일격을 쏘고 나서 그대로 내 쪽으로 돌진했다.

그리고 완성된 나의 주문.

"사이트 프랑[幻霧招散]!"

화악!

나의 '힘 있는 말'에 부응해서 주위에 옅은 안개가 끼었다.

본래 도주용으로 쓰이는 술법인데 일전에 어떤 사람이 보이지 않는 술법의 궤적을 간파할 때에 쓰는 걸 본 적이 있다.

다시 말해 안개가 흔들리는 부분이 적의 공격 궤도인 셈이다.

'그녀'는 다시 손을 뻗었고….

순간 나는 불길한 예감을 느끼고 곧바로 옆으로 뛰었다.

안개는 아무런 궤적도 그리지 않았지만….

쿠웅!

먼 뒤쪽에서 일어나는 육중한 소리.

이봐….

공간을 진동시키지 않고 목표를 파괴하는 힘?!

그런 게 가능해?!

연타가 되지 않는 것 같고 비교적 기척을 감지하기도 쉽기에 어떻게든 계속 피해내고는 있지만… 분명히 말해 꽤 난감한 공격이다.

아무래도 한시라도 빨리 결판을 내지 않으면 위험할 것 같다.

다가오는 '그녀'의 앞을 막아서는 가우리. 뒤에서 주문을 외우는 나.

"핫!"

우렁찬 기합 소리와 함께 가우리가 '그녀'를 향해 칼을 휘둘렀다!

캉! 카앙!

날카로운 소리가 주위에 울려 퍼지며 가우리가 펼친 공격은 매번 차단되었다.

어느 틈엔가.

'그녀'의 오른손에는 검은 단검이 들려 있었다.

보통 단검보다는 길지만 쇼트 소드라 부르기엔 조금 짧은 단검.

아마 자신의 내부에서 순식간에 만들어내어 가우리의 공격을 막아낸 것이리라.

그나저나….

캉! 카앙! 키잉!

연신 날카로운 소리를 내며 가우리와 일진일퇴의 공방을 펼치는 '그녀'.

실력은 거의 가우리와 호각. 그리고 아마 내구력은 인간을 압도적으로 웃돌 것이다.

이거 정말 성가시게 되었다.

그나마 다행인 건 그 보이지 않는 힘은 '그녀'에게도 나름대로의 집중과 시간이 필요한지 접근전을 펼치는 도중에는 그것을 쓸 낌새가 없다는 것이나.

그런 생각을 하면서 내가 주문 영창을 끝마쳤을 때.

그것을 기다리고 있었다는 듯 가우리가 크게 뒤로 물러나서 '그녀'와의 거리를 벌렸다.

좋아! 지금이다!

"다이나스트 브라스!"

그 순간 주문을 해방했다!

오망성의 정점 위치에 내리꽂힌 번갯불이 그 중심에 있는 '그녀'를 덮친다!

허나!

부웅!

'그녀'의 전신이 한순간 흔들리더니 검은 안개에 휩싸였다.

그 검은 안개는 내가 쏜 마력의 번개를 너무나 쉽게 중화시켰다!

제법이구나! 그렇다면!

나는 서둘러 다음 주문을 외우기 시작했다.

내 쪽으로 오려는 '그녀'를 다시 막아서는 가우리.

옆에서 뻗어오는 일섬을 '그녀'가 들고 있는 단검으로 막아낸 찰나, 가우리는 검을 뒤로 빼고 다시 찔러왔다.

그러나 '그녀'는 순식간에 왼손에 또 한 자루의 단검을 출현시켜 오른쪽 단검과 함께 가우리의 검을 양쪽에서 압박해서 막아냈다.

그대로 두 자루의 단검을 도신에 휘감듯이 해서 단숨에 가우리와의 거리를 좁혀간다!

"큭?!"

황급히 뒤로 물러나는 가우리.

공수를 바꿔가며 사투를 벌이는 가운데 나의 주문이 완성되었다!

동시에 크게 뒤로 물러서는 가우리! 내 주문 영창의 타이밍을 간파하고 있다!

"제라스 브리드!"

만들어진 한 줄기 빛의 띠가 '그녀'를 향해 돌진했다!

그 궤도를 쉽게 간파하고 반발짝 움직여 피하는 '그녀'.

그때 다시 돌진하는 가우리.

카앙!

일격을 '그녀'의 왼손 단검이 막았다.

동시에 '그녀'의 움직임도 한순간 정지했다!

좋아! 이 순간을 기다리고 있었다!

내가 쏜 제라스 브리드는 술자의 제어대로 움직여서 적을 해치우는 성질을 가지고 있다. 덧붙여 말하자면 이 술법은 고위 마족 중 한 사람인 수왕 제라스 메타리옴의 힘을 빌린 공격주문! 제대로 맞으면 아무리 두르고파라고 해도 무사하지는 못할 것이다!

한 번 지나친 빛의 띠는 나의 제어에 따라 공중에서 갑자기 방향을 바꾸어 옆에서 '그녀'를 향해 돌진했다!

잡았다!

내가 그렇게 생각했을 때.

"그녀"는 별것 아니라는 듯 오른손을 들어 단검을 내밀었다.

그리고….

카가가강!

아닛?!

'그녀'에게 날아가던 빛의 띠는 단검에 의해 허망하게 두 동강이 났다!

동강 난 빛은 둘로 나뉘어 그녀의 앞뒤에 힘을 잃고 흩어진다.

"큭!"

전방에서 확산된 힘의 여파로 한순간 균형을 잃는 가우리!

야단났다! '그녀'를 상대로는 순간의 허점도 치명적일 수밖에 없다!

빛의 띠를 동강 낸 '그녀'는 오른손 단검을 휘둘렀다!

임기응변의 고육지책이었으리라.

가우리는 몸을 낮추고 오른발로 '그녀'의 발을 걸었다.

그리고 너무나 쉽게.

털썩.

의외로 가벼운 소리를 내며 '그녀'는 땅에 쓰러졌다.

"뭐야…?"

너무나 허망한 결말에 무심코 공격의 손길을 멈추고 중얼거리는 가우리.

확실히 방금 그건… 허점을 찔려 어쩔 수 없이 쓰러진 모습이 아니었다. 아니, 좀 더 분명히 말하면 싸움 초보자가 발에 걸려 넘어진 것과 비슷하다.

혹시 어쩌면…?

"가우리! 어쩌면 그 녀석은 발 기술에 약할지도 몰라!"

일단 짐작만으로 외쳐보았다.

싸우는 법은 두르고파가 알고 있다, 벨 씨는 분명 그렇게 말했다.

하지만….

생각해보면 왜 '그녀'는 일부러 두 손에 단검 같은 걸 만들어냈을까? 싸울 수 있는 범위를 넓히려면 그냥 팔만 뻗으면 되었을 텐데.

왜 그렇게 하지 않았을까?

내가 상상한 대답은….

한마디로 두르고파는 검으로 싸우는 법밖에 모른다는 것.

만약 이 생각이 맞는다면 조금 어이없기는 하지만 '그녀'를 이기기란 결코 어려운 일이 아니다.

"그럼 시험해볼게!"

말하고 나서 가우리는 일어서려는 그녀의 발을 공격했다.

다시 너무나 쉽게 발이 걸려 넘어지는 그녀.

"미안하지만 이제 그만 죽어줘야겠어!"

다시 쓰러진 그녀에게 가우리는 검을 내리쳤다!

카앙!

날카로운 소리가 울려 퍼졌다.

"아앗…?!"

놀란 신음 소리는 '그녀'를 제외한 세 사람의 입에서 완전히 동시에 흘러나왔다.

단검에 막힌 게 아니다. 가우리의 검은 '그녀'의 가슴을 향해 정확히 내리쳐졌지만….

그 새카만 피부에 흠집 하나 내지 못하고 멎었다.

아무 말 없이 황급히 뒤로 물러서는 가우리.

그렇구나….

예상해야 했던 일이었다.

만들어낸 단검이 '그녀'의 몸의 일부라면, 그리고 단검이라는 형태가 단순히 두르고파가 가지고 있는 기능을 활용하기 위한 것이었다면….

그녀의 전신이 들고 있는 단검과 같은 강도를 가지고 있다 해도 이상하지 않다.

가우리가 들고 있는 검도 무명이긴 하지만 상당한 힘을 가진 마력검. 하지만 아무래도 '그녀'에겐 통하지 않는 모양이다.

"어… 어떡하지?! 리나."

"어떡하다니?"

"네 마법으로 이 검의 강도를 높일 수 없을까?!"

"무리야!"

단호하게 딱 잘라 대답하는 나.

물론 무기에 마력을 불어넣어 일시적으로 파괴력을 늘리는 술법도 있기는 하다.

허나 원래부터 마력을 가지고 있는 검에 그런 술법을 걸면 무슨 일이 일어날지는 예측할 수 없다.

서려 있는 힘과의 조합으로 운이 좋으면 위력이 커질 수 있을지도 모르지만 아무런 반응이 없을 수도 있고, 마력이 소멸해서 평범한 검으로 변한다거나, 잘못하면 마력끼리 서로 이상한 간섭을 일으켜서 술법을 건 순간 마력이 폭주해서 대폭발할 가능성까지 생각해볼 수 있다.

이런 상황에서 성공할 확률이 거의 없는 거나 다름없는 도박에 나설 생각은 없다.

'그녀'는 황급히 몸을 일으키더니 별안간 빙글 몸을 돌려 현관 쪽으로 달려갔다.

"도망칠 생각인가?!"

"뒤쫓자!"

만약 상대가 완전히 전의를 상실했다면 도망치는 걸 구태여 뒤쫓을 필요는 없지만 '그녀'는 벨 씨의 망집을 중심으로 두르고파가 동화, 고정된 존재이다. 비록 이곳에서 도망친다고 해도 언젠가는 아리아와 우리들을 노릴 것이다.

분명히 말해서 그런 녀석의 표적이 될 바엔 브라스 데몬 한 다스와 성면으로 싸우는 편이 낫다.

그리고 '그녀'의 적개심의 대상이 과연 아리아와 우리들뿐일지도 의문이다.

말로 하지는 않았지만 만약 벨 씨의 증오심이 이 세상 모두에

쏠려 있다면…?

두르고파의 힘을 써서 무차별적으로 협회 사람들을 '바꾼' 것으로 미루어 보건대 결코 생각 못 할 일은 아니다.

이곳에서 저지할 수밖에 없다, '그녀'를.

"그 어둠의 칼이라면 어떨까요?!"

뒤에서 들려온 목소리는 아리아의 것이었다.

"카이라스를 쓰러뜨린 그것이라면! 언니를…!"

"어려운 일이야. 내 실력으로 '그녀'의 움직임을 따라잡을 수 있을지 어떨지."

아무리 발 기술에 약하다고 해도 상대는 검으로 가우리와 호각으로 싸울 수 있는 솜씨를 가지고 있다. 내가 달려갔다간 발을 걸기도 전에 단칼에 당할 우려가 있다.

그리고 무엇보다도 그 주문은 극단적으로 마력 소모가 심하다.

아까 카이라스에게 한 번 사용한 탓에 이미 내 마력은 꽤 소모된 상태. 한 번 더 그 술법을 외울 수 있다고 해도 어둠의 칼날을 유지할 수 있는 건 아주 약간의 시간뿐일 것이다.

아마 몇 번 칼을 휘두르는 게 고작.

그런 얼마 안 되는 시간 동안 그녀에게 일격을 명중시킬 자신은 없다. '그녀'는 열려 있는 현관문을 통과해서 저택 안으로 뛰어들었다.

그 뒤를 따르는 우리들.

우뚝.

'그녀'가 발을 멈춘 건 홀 한구석에서였다.

바로 옆에는 이미 숨이 끊긴 조나게인의 몸이 힘없이 뒹굴고 있다. 그 조나게인의 시체에….

퍼억!

'그녀'는 갑자기 오른손에 든 단검을 박았다!

무슨 짓을…?

의아해할 틈도 없이 단검을 뽑아 들고 그녀는 빙글 우리들 쪽으로 몸을 돌렸다.

혹시…? 아니… 설마 그렇지는 않을 거라 생각하지만….

"정지!"

내 목소리에 가우리와 아리아는 문을 통과한 그 자리에 멈춰 섰다.

그리고….

파앗!

파열음과 비슷한 소리를 내며 '그녀'의 등에서 몇 쌍의 거미 다리가 돋아났다!

으아아아아! 역시!

"퇴각!"

"네!"

"이의 없어!"

황급히 그 자리에서 발길을 돌리고 밖으로 뛰쳐나가는 우리들.

그때….

"프리즈 애로!"

뒤에서 들려온 목소리는 흐릿하긴 했지만 틀림없는 벨 씨의 목소리였다.

"흩어져!"

밖으로 나가자마자 문 양옆으로 흩어진 우리들의 사이를 몇 십 발의 얼음 화살이 스쳐 지나갔다.

우아아아아아! 정말로 야단났다!

문 양옆에서 다시 합류해서 달려 나가는 우리들.

순식간에 뒤에서 기척이 다가왔다.

황급히 돌아서는 우리들.

'그녀'는 바로 코앞까지 다가와 있었다.

"이제 어떡하지?! 리나."

검을 겨누고 묻는 가우리에게 나는 지친 어조로 대답했다.

"몰라, 그런 건….”

"모르다니, 너….”

"'그녀'는 아무래도 단검으로 상처 입힌 상대의 능력과 지식을 흡수하는 힘이 있는 것 같아. 다시 말해 나나 가우리에게 스치기라도 하면 우리의 전술을 '그녀'는 단번에 습득해버리는 거지!"

"정말이야? 그게!"

"아마… 틀림없을 거야!"

육체 능력의 흡수는 지금 '그녀'의 모습을 보면 알 수 있는 일이고 지식의 흡수는 지금까지 일반 공격주문을 일절 쓰지 않던 '그녀'가 조나게인의 주문을 썼다는 게 그 증거.

벨 씨는 마법의 '마' 자도 몰랐고, 그렇다고 두르고파가 프리즈애로의 영창 주문을 알고 있었을 것으론 생각하기 힘들다.

어찌 됐든….

아무래도 꽤 터무니없는 상황이라는 것만은 분명한 듯하다.

가우리급의 검 실력과 거미 다리 몇 개를 가지고 있는 녀석을 상대로 아무런 상처도 입지 않고 이긴다는 건 도저히 불가능.

도망친다 해도 거미 다리의 이동 속도에는 도저히 당해낼 수 있을 것 같지 않고….

물론 하늘도 무리다. 만약 하늘로 도망쳤다가 '그녀'가 정원에 쓰러져 있는 날개 인형의 시체에 눈독을 들이는 날엔….

지금 상태에 날개까지 달려서 하늘까지 날게 된다면 분명히 말해 완전히 손쓸 도리가 없게 된다.

어떻게 해서든 이 자리에서 해치울 필요가 있는데….

"지식을 흡수한다는 말은… 다시 말해 기억을 흡수한다는 말이겠죠?"

"뭐… 그렇지."

옆에서 아리아가 묻자 나는 '그녀'에게서 시선을 떼지 않고 대답했다.

"알겠습니다. 결판을 내죠."

"뭐?"

아리아의 말에 나는 무심코 그쪽으로 눈길을 돌렸다.

그녀는… 아무런 망설임도 없는 미소를 머금고 있었다.

"구해주세요, 벨 언니를…."

나는….

한순간 알지 못했다. 아리아가 무슨 짓을 하려고 하는지를.

그리고….

아리아는 달려갔다.

'그녀'를 향해 똑바로.

"아리아?!"

곧바로 손을 뻗었지만 간발의 차이로 닿지 않았다.

그제야.

나는 깨달았다.

아리아가 무엇을 할 생각인지.

"칫!"

다급히 가우리도 달리기 시작했다.

그러나….

한발 늦었다.

여러 개의 거미 다리가 아리아의 몸을 휘감았다.

아리아는 양손을 앞으로 뻗었다.

마치 포옹을 요구하는 듯이.

"함께 있자, 언니…."

아리아가 말한 그 순간.

푸욱!

'그녀'가 들고 있던 단검이 정확히 아리아의 가슴을 꿰뚫었다.

주저 없이.
나는 주문을 외우기 시작했다.
주저하는 건 용인될 수 없다. 그것은 아리아에 대한 모독이다.

——사계의 어둠을 다스리는 왕이여
　　그대 한 조각의 인연에 따라

털썩….
작은 소리를 내며 아리아의 몸이 땅에 떨어졌다.
아리아를 구속하고 있던 '그녀'의 거미 다리는 잔 경련을 일으키기 시작했다.

——그대들 모두의 힘으로
　　나에게 더 큰 마력을 부여하라

허리띠, 목, 양손목에 내가 몸에 두른 네 개의 부적이 희미한 빛을 내뿜었다.
—'그녀'의 전신이 떨렸다.
마치 울고 있는 것처럼.
나는 성큼성큼 '그녀'를 향해 걷기 시작했다.

그다음 주문을 외우면서.

──천공의 징계에서 해방된
　얼어붙은 허무의 칼날이여

"이봐! 리나!"
뒤에서 가우리가 소리를 질렀다.
그러나 그 역시 알고 있을 터였다.
'그녀'에게서 완전히 적개심이 사라졌다는 것을.

──내 힘 내 몸이 되어
　함께 멸망의 길을 걸을지니
　신들의 혼조차도 깨뜨리는

주문이 완성된 건 '그녀'의 눈앞에서였다.
나는 조용히 오른손을 뻗고 '힘 있는 말'을 해방했다.
'라그나 블레이드.'
어둠이.
왼손에 만들어졌다.
내리쳐진 허무의 검은 가볍게.
'그녀'를 좌우로 두 동강 냈다.

달이 떠 있었다.

어둠에 잠긴 마을을 나는 그저 말없이 바라보고 있었다.

"울고 있는 거야?"

"설마…."

뒤에서 들려온 가우리의 목소리에 나는 돌아보고 작게 미소 지었다.

카이라스의 저택 앞 운하 옆으로 뻗은 길.

밤의 거리에 인기척은 없었다.

"하지만… 이번 일은 역시 좀… 마음이 무거워서…."

마을 쪽으로 시선을 돌리고 작게 중얼거리는 나.

"저기, 하나 물어봐도 될까?"

"뭔데?"

"어째서 그 녀석은… 그때 갑자기 움직임을 멈춘 거지?"

"멈추게 한 거야, 아리아가….

벨 씨를 생각하는 자신의 마음을 '그녀'에게 전해서…."

아마 그 순간.

벨 씨는 아리아의 그 마음을 받아들이고 이해했을 것이다. 그래서 그녀의 마음속에 있던 증오심은 사라지고….

망집을 중심으로 완선히 동화뇌었넌 벨 씨와 누르고파 사이에 알력이 발생했다.

그대로 '그녀'를 내버려두었다면 두르고파는 벨 씨를 억지로 흡수하려 했을 것이다.

그래서….

그때 나는 그렇게 할 수밖에 없었다.

아리아의 마음을 허사로 만들지 않기 위해서라도.

벨 씨의 마음을 구하기 위해서라도.

하지만….

"저기, 리나…."

가우리는 옆으로 다가와서 내 머리에 툭 손을 얹더니 말했다.

"기운 내. 그 무거운 마음의 절반은 내가 떠안을 테니까…."

"가우리…."

나는 팔을 가우리의 어깨로 뻗어서….

그대로 목을 졸라 비틀었다!

"무슨 당연한 소릴 하고 있어! 이제 와서 '난 모르는 일이다'라고 한다면 목을 콱 졸라버린다?"

"쿠엑…! 이미 조르고 있잖아!"

"미리 말하면 피하거나 저항할 거 아냐!"

"당연하지! 하지만 뭐… 아무래도 괜찮은 것 같군."

"그야 그렇지. 침울해 있어봤자 나아질 건 없으니."

"그건 그래.

여하튼 사건이 해결되고 그 검도 사라져서 다행이야."

미소 지으며 말하는 가우리에게 나는 모호한 미소로 답했다.

확실히.

내 어둠의 칼날을 맞은 '그녀'는 검은 먼지가 되어 흔적도 없이 허공으로 사라졌다.

아마 두르고파도 무사하지는 못했을 것이다.

그러나….

패왕장군 쉐라가 있는 한, 그 검은 다시 재생된다.

쉐라는 대체 무슨 생각으로 그 검을 벨 씨에게 넘긴 걸까?

마족들이 대체 무슨 일을 꾸미고 있는 것일까.

대답은 아직 나오지 않았다.

나는 그저 말없이 동쪽 하늘에 걸린 달을 바라보았다.

밤은 이제 시작되었을 뿐이다.

— 12권에 계속 —

작가 후기

작가 + L

작 : 후우. 죽는 줄 알았네.

L : 살아있었어!?

아니, 지금까지 장편, 단편의 후기에서 말살당한 작가가 다음 권에 태연하게 나타나도 딱히 따지지 않았지만!

동시에 발간되는 속권에서 부활하다니, 아무리 그래도 좀 부활이 빠른 것 아냐?

작 : 어쩔 수 없잖아. 세상이 다 그런 거지.

이리하여, 슬레이어즈 신장판! 「크림슨의 망집」을 보내드렸습니다!

L : 그래도, 은근히 사람이 많이 죽어나간다는 평판을 듣는 본편 중에서도 이번 이야기는 꽤 많은 사람이 죽네.

작 : 음.

애초에 이 제2부의 뿌리에는, 사람이란 언젠가 죽는 존재이지만 그럼에도 남은 사람들은 똑바로 살아가야 한다는 메시지를….

L : 잠깐!

혹시 작가 자신은 근사한 소릴 하고 있다 생각할지 모르겠지만.

지난 후기에서 파괴광선을 맞고 원자로 환원됐으면서, 이번 후기에 짠 나타나선 "죽는 줄 알았네"라는 한마디로 얼렁뚱땅 넘어간 작가가, 그런 소릴 한들 설득력이 전혀 없다고.

작 : …………헉! 그 말을 듣고 보니 그런 듯!

이런!

큭…! 대체 어떻게 해야 설득력이 생긴단 말인가…!?

L : 그럼 아예 지난 후기에서 작가는 소멸됐다, 라고 하고 이번 후기부터는 나 혼자!

작 : 그럴 수는 없어어어어어어어엇!

엉망진창이 될 게 눈에 보인다고!

L : 실례의 말씀!

…혹시 작가 당신 설마… 당신이 출연한 후기는 엉망이 되지 않았다고 착각하고 있는 거 아냐…?

작 : 엥?

…아, 아니, 그, 그 얘기는 뒤로 미뤄두고, 일단.

음. 그래도 내가 후기에서 사라질 수는 없지만, 그렇다고 너무나 깅빅하게 부활하면 작품 속 죽음의 무게감이 사라지니…

—핫! 그렇군!

이럴 땐 발상의 전환으로, 작중에 죽은 사람들 전원이, 실은 살아있었다고 하면 되지 않나!

L : 더 엉망진창이 되어가는 중인데!

오히려 스토리가 완전히 붕괴되어 버리잖아!

예를 들면 2권, 「아트라스의 마법사」에서는!

할시폼 "나는 잃어버린 사랑하는 사람을 되찾기 위해…!"

진짜 루비아 "휴우, 죽는 줄 알았네. 아. 할시폼, 오랜만♪"

할시폼 "…엥?"

루비아 "…저어… 할시폼 님, 이 분은 혹시…?"

할시폼 "응? 엥? 루비아? 살아있… 었어?"

진짜 루비아 "당연하짓! 내가 이딴 정도로 죽을 거라 생각했다면 큰 오산이야!"

루비아 (…진짜는, 캐릭터가 다르구나….)

이런 식이 된다고!

리나와 가우리도 돌아와서 밥 먹는 정도 말고는 할 일이 없어 져!

작 : …이건 또 이거 나름…

L : 아니거든!

목만 남은 타림이 "휴우, 죽는 줄 알았네"라면서 살아있어 봐!

작 : 아, 그건 못쓰겠다.

L : 그치?

이럴 거면 차라리 내 식도락 세계여행이 훨씬 똑바로 된 얘기겠다!

작 : 아니, 그렇지도 않을 듯하다만.

역시 이리저리 생각해 봐도 작중에서의 생과 사는 참 어려운 문제야.

오래 전에 어떤 담당자와 함께 밥을 먹다가 세이룬 왕가 이야기가 나왔을 때,

"그런데 단편 1화에 등장한 랜디는 어떻게 된 건가요? 왕가 사람이었는데."

라는 질문을 받고

"아니, 단편 1화 마지막에 움직일 수 없게 됐다고 썼잖아요. 그냥 죽은 겁니다만."

이라고 대답했더니,

"무슨 소릴 하시는 겁니까, 칸자카 씨! 스페셜에서는 사람이 죽지 않아요!"

라고 설득당한 기억이.

…죽었다고 생각하는데… 라는 말은 가슴 속 깊은 곳에 묻어 뒀습니다.

L : 그런 경우야 있겠지.

사실 솔직히 말하자면, 리나가 개그로 날려버리는 도적 여러분은 과연 어떻게 됐을까.

작 : 확실히, 일부러 확실하게 묘사하지 않고 넘어가는 경우는 얼마든지 있지.

읽은 사람들의 상상을 부풀리기 위해 명확하게 밝히지 않기도 하고, 어떤 경우에는 정답을 준비하지 않은 경우도 있고. 코믹판 수룡왕의 기사나 게임, 애니메이션 3부를 패러렐 월드로 치는 것도 그런 부분이 크지.

L : 역시

그렇다면! 작가가 나의 이야기를 쓰지 않는 것도, 내 초활약을 독자들의 상상에 맡겨 무한한 가능성을 표현하는 거구나!

작 : 아니, 그런 의미가—

L : 물론 「L 대 전국 유명 료칸 여자 지배인 칸사이편」 같은 타이틀만 제시하면 독자 여러분이 내가 다양하게 활약하는 망상에 빠지실 거 아냐!

그럼 이번에는 독자 여러분께 숙제를♪

다음 권 후기에서 내가 지금 알려드린 타이틀로 이런저런 이야기를 생각해 편지로 보내주세요!

작 : 잠깐…! 다음 권에서…?

L : 그럼 다음 권에서 또!

후기 : 끝

※ 이 책은 이전에 발행되었던 「슬레이어즈 11 크림슨의 망집」을
가필수정한 것입니다.

슬레이어즈 11
크림슨의 망집

1판 1쇄 인쇄   2020년 7월 8일
1판 1쇄 발행   2020년 7월 15일

지은이   Hajime Kanzaka
일러스트   Rui Araizumi
옮긴이   김영종

발행인   정욱
편집인   황민호
본부장   박정훈
마케팅   조안나 이유진 이수정
국제판권   이주은 김준혜

제작   심상운 최택순 성시원
발행처   대원씨아이㈜
주소   서울특별시 용산구 한강대로15길 9-12
전화   (02)2071-2018
팩스   (02)749-2105
등록   제3-563호
등록일자   1992년 5월 11일
ISBN   979-11-362-3780-4   04830

SLAYERS Vol.11: CRIMSON NO MOSHU
ⓒHajime Kanzaka, Rui Araizumi 2008
First published in Japan in 2008 by KADOKAWA CORPORATION, Tokyo.
Korean translation rights arranged with KADOKAWA CORPORATION, Tokyo.

누계 2천만 부,
역대 최고의 라이트노벨
전설이 된 그들이 돌아왔다

헬마스터의 음모를 겨우겨우 저지한 리나 일행.
이제 두 사람의 목적은 헬마스터와의 싸움에서
잃어버린 빛의 검을 대신할 물건을 찾는 일.
고생고생 끝에 드디어 붙잡은 실마리는
전설의 검이 베젤드에 있다는 이야기.
그런데 베젤드로 달려간 두 사람의 귀에 들어온 것은
원인을 알 수 없는 데몬의 대량 발생 소문?

HAJIME KANZAKA **칸자카 하지메** 일러스트 | 아라이즈미 루이 번역 | 김영종

슬레이어즈 ⑨

베젤드의 요검

누계 2천만 부,
역대 최고의 라이트노벨
전설이 된 그들이 돌아왔다

리나 인버스와 그 파트너 가우리는 마검을 찾아 여행 중.
리나가 알아낸 정보는 마력의 검을 모으고 있다는 영주의 소문!
헛수고를 각오하고 솔라리아 시티로 찾아간 리나 일행의 시야에 들어온 것은
'평범한 척하지만 평범하지 않은 수많은 시설들'이었다.

HAJIME KANZAKA 칸자카 하지메 일러스트 | 아라이즈미 루이 번역 | 김영종

슬레이어즈 10
솔라리아의 모략